引き裂かれた世界の文学案内

境界から響く声たち

都甲幸治
Toko Koji

［対談］
＋中村和恵
＋温又柔
＋くぼたのぞみ
＋岸本佐知子

大修館書店

いつも戻って行ける場所——まえがき

都甲幸治

たくさんの外国文学を読んできた。幼稚園時代の絵本から始まり、小学校ではリンドグレーン『長くつ下のピッピ』にときめき、ヴェルヌ『海底二万海里』の世界に浸った。高校ではサリンジャー『キャッチャー・イン・ザ・ライ』を読み、主人公であるホールデンが僕の内側の最も大切な部分を、僕のために英語で語ってくれているように感じた。

だからずっと僕の側には外国文学があって、人生の一部として息づいてきた。それは今でも変わらない。ただ、本を読み、本について語ることが職業となり、そのせいで、かつては一人で読んでいた作品を、授業やイベント、対談などの形で多くの人と分かち合うようになった。

この本はそうして暮らしてきたここ数年の、いや、もっと言ってしまえば十年ほどの記録である。もともとは大修館書店の『英語教育』という雑誌で、二〇〇七年四月から一年間、アメリカの文化や文学について連載したのがきっかけだった。担当の須藤彰也さんはまだ一冊の著書もない僕を信頼してくれて、マンガからお笑い番組まで好き勝手に書かせてくれた。

そして十年ほど経った二〇一六年四月、満を持して、というほどでもないが、二年間の連載が再スタートした。今自分が興味を持っている外国文学、というだけのゆるい縛りで、最も気になる一文の日本語訳を入れるという共通点しかない。これが良かった。

以前はこうした連載をするときには、自分の関心ばかり追っていた。アメリカで最新の作品は何か、今は何がかっこいいのか、日本ではまだ誰も知らない書き手は誰か。こうした仕事には価値がある。けれども限界があることも確かだ。情報の速さや正確さを追ってしまえば、やがては自分より若くてリサーチが上手い人に必ず抜かれる。なぜか。そうした仕事は、究極的には誰がやっても同じだからだ。

けれど幸いなことに、僕の周囲には常に仲間がいた。たとえば、卒論を書く学生たちだ。普段の授業でどんな作家を教えても、その大部分はあいも変わらずフィッツジェラルド、サリンジャー、そしてオースターについて書いて卒業していく。正直言って、そのことに最初僕はいらだっていた。だがそのうち、自分のほうが間違っていることに気づいた。

読者の心の深い部分を鷲づかみにできない書き手の作品は読まれない。そして大部分の作家は、時間の経過とともにそうした力を少しずつ失っていく。そして亡くなれば徐々に忘れられてしまう。だがほんの少数だけ、輝きを失わない者がいる。そうした書き手こそが本物だ、と言いたくなる気持ちも分かる。しかしそう単純でもない。まさに今を捉えた、はかない魅力もあるし、百年の時をたやすく飛び越える魅力もある。

そうやって僕は十年かけて、作品とともに生きることの喜びを周囲の仲間たちに教わった。皮肉なことに、それは遠い昔、高校生の頃『キャッチャー・イン・ザ・ライ』の茶色いペーパーバックを抱きしめていた自分がいたのと同じ場所だ。もちろん以前とは変わっている部分もある。この連載を通して、自分がどうしようもなくマイノリティーの文学に惹かれていることに気づけたのは収穫だった。

たとえばフィリップ・ロスの作品で主人公は、ただユダヤ人に生まれたというだけで生命さえ脅かされる。あるいはジョイス・キャロル・オーツの短篇の主人公は、ラテン系である自分が普通の人間だと周囲の人々に認めてもらいたいがために、大学の集まりでバカをやり、それが加速しすぎて命を失う。

人間が人間であるという当たり前のことが通用しない。それは歪んだ周囲のせいなのに、どうしても当人は自分のせいだと思い込んでしまう。社会の見えない暴力を内部に取り込んだ主人公はやがて死に到る。しかもそのことに、周りの人々は気づかない。

個人の感覚や無意識に物語という形式で迫る小説は、こうした外界と内界の息苦しいほどの絡み合いを描くのが得意だ。しかも、日本とは前提が違う外国文学では、こうした矛盾がグロテスクなほどに拡大される。だからそれは、日本に住む僕らの、時に醜い部分までを明確に意識させてくれる鏡として機能する。

連載の途中で担当が郭敬樹さんに代わったのも良い効果があった。彼は内容に関して特に何を言うわけでもない。しかし在日コリアンとして生きてきた彼の視線に毎回晒される、というだけで緊張感があった。要するに、めったなことは書けないぞ、ということだ。だからこの本は、黙って見守り続けてくれた郭さんとの共著という面もある。

さあ、僕の長話も終わりだ。次はこの本を手に取ったあなたが語り始める番である。この本が気持ちのいい対話へとあなたを誘えたら嬉しい。

初出　『英語教育』
二〇一六年四月号～二〇一七年三月号、
二〇一八年四月号～二〇一九年三月号、
二〇一九年八月号

＊本書で引用する英文、仏文の日本語訳はことわりのないかぎり都甲が訳した。
参考文献は二〇二〇年現在入手しやすいものを記載した。

目次

第2章　私らしく生きるということ

第3章　触れる、身体の奥へ

第4章　祈ること、働くこと、生きること

第5章　言葉を読む

第1章　引き裂かれた世界

今そこにある差別

フィリップ・ロス
『プロット・アゲンスト・アメリカ』
＊
Philip Roth
The Plot against America

二〇一六年のアメリカ合衆国でいちばん目立っているのは不動産王ドナルド・トランプではないか。大成功したビジネスマンの彼だが、大統領候補となるべく共和党の予備選に参入したことで事態は大きく変わった。とにかく彼の打ち出した政策はひどい。アメリカ最大の移民であるメキシコ系は犯罪者の集団だから、メキシコ側の経費で国境に「万里の長城」を作って流入を食い止めろとか、イスラム教徒はテロリストばかりだから全員入国を拒否しろとか、彼は乱暴なことばかり言う。しかしながら、主に低所得者層の白人男性たちがこぞってトランプを支持し、予備選のトップを独走することになった。だが異常に思えるこのトランプ現象も見かけほど特異ではない。

リベラルな信条を掲げる合衆国憲法だが、アメリカ合衆国の歴史はその理想どおりに進んでははこなかった。一八六三年にリンカーンによって奴隷解放が宣言されたあとも苛酷な人種差別は続き、一九六〇年代に公民権法が制定されるまで人種間の法的な平等は実現されなかった。外国人や外国の影響に対する嫌悪は、一九五〇年代に共産主義者狩りを行ったマッカーシズムを見れば明らかだし、むやみとインテリを嫌う反知性主義はアメリカの文化に深く刻み込まれている。どんな国でもそうだろうが、本音と建前という二つのアメリカが存在する。誰の心にも変化を嫌い、他人を妬み、理解できない人を排除したいという気持ちは潜んでいる。そして経済的に疲弊し、肉体的にも疲れてくると、ついつい弱い自分が顔を出す。そして、外国人を追い出せ、外国語を使わせるな、文句があるなら国から出ていけ、と言い始めてしまう。もちろんこうした感情は、排除の気持ちを向けられた人々にとっては暴力でしかない。

フィリップ・ロスのフィクション『プロット・アゲンスト・アメリカ』では、人種差別に曝された家族の架空の物語が描かれている。対象となるのは、ニュージャージー州のユダヤ人街に住むロス家の人々だ。ドイツでナチスが台頭していた一九三〇年代、ユダヤ系の人々はアメリカ合衆国でも反ユダヤ主義に苦しめられていた。大学の研究職に占めるユダヤ系の数は最小限に抑えられ、企業でも出世はおぼつかない。それでもユダヤ人街に住んでいれば差別は感じなくてすむ。主人公であるフィリップの父親は保険会社で働き、どうにか家族を養っていた。けれども彼らの生活を決定的に脅かす出来事が起こる。かの飛行家リンドバーグが大統領候補に立候補したのだ。

世界で初めて大西洋を一人きりで、どこにも着陸せずに横断した彼はもともと有名人である。自らの操縦する飛行機で全米を周り遊説するたびに、リンドバーグは聴衆の熱狂的な支持を受け、あれよあれよという間に大統領の座を射止めてしまう。親ナチスの噂のあった彼が行った政策は、ユダヤ系の家族にとって壊滅的なものだった。リンドバーグは若者の命を護るという名目で、イギリスやソビエト連邦とドイツが行っていた戦争にアメリカ合衆国が参加することを拒否し、ナチスを間接的に支援する。それだけではない。アメリカを戦争に追いやろうとしているのは、メディアを支配しているユダヤ人だ、と大統領自らが大衆を煽り、人々が人種差別的な発言を行うことを歓迎する空気を作る。実際には、人口の数パーセントを占めるにすぎないユダヤ人は取るに足りない勢力であるにもかかわらず、だ。

こうした空気に対抗しようとした人々も存在した。前大統領であるフランクリン・ローズヴェルトはリンドバーグを批判し、ユダヤ系ジャーナリストのウォルター・ウィンチェルはラジオ番組で政権を攻撃し続ける。しかし偏狭になっていく社会はウィンチェルを降板させてしまう。次の大統領選の候補として遊説していた彼は何者かの凶弾に倒れる。すなわち、人種差別的な発言の暴力は物理的な暴力に直接つながるのだ。

社会の大きな動きは、ロス家にも甚大な影響を与えずにはおかない。政府の移住命令を拒否した父親は会社を辞め、市場で低賃金で働くことになる。もはや家族の安全を守れない、と彼が判断した矢先にカナダとの国境が封鎖され、脱出は不可能になる。国中が人種差別の狂気に襲われ、暴動が発生し、南部では百人以上のユダヤ人が虐殺される。ドイツのユダヤ人同様、ロス家の人々もこのまま死を待つしかないのだろうか。

本書で怖いのは、いつまでも続くと思いこんでいた日常が簡単に壊れてしまう様子がリアルに描かれていることだ。突然、自分でもどうにもできない出自や信条で差別され始め、生きる権利を奪われるとはどういうことかが本書を読むとよくわかる。しかも周囲の人々が人種差別を当然だと信じ始めると、人間は自分だけ異なる信念を保つのが難しくなる。リンドバーグ崇拝者に囲まれて、フィリップ少年が必死に自分の父親を信じようとし続ける箇所は圧巻だ。

それに対して、フィリップの兄のサンディは簡単に転向してしまう。自分がユダヤ人であることを否定し、父親のリンドバーグ批判を迫害妄想と決めつけ、政権に加担する叔母とともにホワイトハウスを訪れ、模範的な少年として大統領と会見までする。自分の出自や抱えている歴史を否定したら、人間はいかようにでも操られる惨めな存在になることが、サンディを通じて浮き彫りになる。政府が国民の日常にまで介入してくる様も強烈だ。政権に批判的な人々をメディアから排除し、FBIなどの職員を使って子どもにまで接触し、従兄のアルヴィンやフィリップの父親を監視の対象にしてしまう。市民に恐怖を植えつけるのは簡単だ。職員がちらりと姿を見せるだけで充分なのだから。

それでは、こうした政権の横暴に対抗する手段はないのか。フィリップが信頼するのは、自分が不公正だと考える権力には従わない、という父親の思いである。そしてまた、一度気に入った人はとことん助けるという、イタリア移民のククッツァさんの生き方もいい。ムッソリーニのいないアメリカは世界一の国、と信じる彼は、同じアパートに住むという近所のよしみで、宗教や文化の違いを越えてロス家の人々を護る。確かに個人は弱いし、巨大な組織の暴力に対抗できるほどの力を持った人などいない。けれども、ほんの少しの心配りが、危機に直面した隣人を生き延びさせる力になることもあるのだ。

人間に対するロスの平等な見方を表している言葉がこれだ。迫害のなかでフィリップは思う。

I was still too much of a fledgling with people to understand that, in the long run, nobody is a picnic and that I was no picnic myself.

私はまだ人間についての理解が未熟すぎて、長い目で見れば、楽に生きられる人なんて誰もいないし、自分もまた例外ではない、ということがわかっていなかった。

こうした言葉を噛みしめれば、このフィリップ・ロスの作品が現代社会におけるユダヤ人の運命に留まらない、世界的な射程を持っていると分かる。

Philip Roth, *The Plot against America.* 2004. Novels 2001-2007. New York: *The Library of America*, 2013.

フィリップ・ロス／柴田元幸訳『プロット・アゲンスト・アメリカ』（二〇一四年、集英社）

二つの世界の狭間で

フィリップ・ロス
『さようならコロンバス』
＊
Philip Roth
Goodbye, Columbus

フィリップ・ロスが亡くなった。と言われても、ほとんどの人はあまり感慨がないのではないか。一九三三年生まれの彼は七〇年代から八〇年代にかけてさかんに作品が訳されたものの、最近では紹介もあまり進んでいなかった。一言でいえば、過去に流行した作家、という印象だ。そのことは、現在書店で流通している作品がわずかしかないことでもわかる。言い換えれば、日本人はすでに彼を忘れ去っていた、というわけだ。

だがこれはアメリカ本国やその他の国での高い評価を反映していない。一九九五年に*Sabbath's Theater*で全米図書賞を受賞してからの二十年あまり、ロスは破竹の勢いで作品を発表し続け、現代アメリカを代表する作家となった。一九九七年、*American Pastoral*でピュリッツァー賞、二〇〇一年フランツ・カフカ賞、二〇一一年マン・ブッカー国際賞と、国内外の主要な文学賞を総なめにし、もはや獲っていないのはノーベル文学賞だけ、という状況だった。

こうした最近の主要作品が訳されていないところに、日本における九〇年代からのアメリカ文学紹介の歪みがよく現れている。その前はロスも一員であるユダヤ系文学や黒人文学などが多数訳されていた。だが次第に、政治性のある作品は敬遠されるようになっていった。マイノリティや移民作家の作品が再び日本で受け入れられるようになってきたのは、ほんの最近のことではないか。だからこそ、マイノリティ文学の偉大なる書き手であるロスの作品を今、振り返ることには意味がある。

遅れてきた世代である僕は、八〇年代までの流行作家ロスの姿を直接は見ていない。彼の存在に気づいたのは、アメリカ合衆国が親ナチの大統領に乗っ取られ、反ユダヤ主義の嵐が吹き荒れる『プロット・アゲンスト・アメリカ』(二〇〇四年)あたりからだ。ユダヤ人の青年が人種差別の犠牲者として朝鮮戦争に送られ戦死する *Indignation*(二〇〇八年)も面白く読んだし、主人公が激しい性欲に振り回される『背信の日々』(一九八六年)には感嘆した。

さて、とはいえ、どんな人にも若い頃があるのと同じく、偉大なるロスにも新人時代はあった。彼が一九五九年に書いてベストセラーとなったデビュー作、『さようならコロンバス』を読み、彼が長いキャリアの中でどう変わり、そしてどう変わらなかったのかについて考えてみたい。

夏、主人公であるニールはプールでブレンダと出会う。まるで「船員が夢見るポリネシア娘」

みたいな彼女は、見知らぬニールにメガネを渡してプールに飛び込む。後でなんとかニールが彼女に連絡を取ったところから恋が始まる。ニールは二十三歳、ブレンダは大学生ということで年代もぴったりだし、おまけに二人ともユダヤ人だ。だが共通点はそこまでである。実家を出て貧しい叔母とニューアーク市内のアパートに住み、公立図書館で司書をしているニールに対して、彼女は郊外の豪邸に住んでいて苦労を知らない。

だから、母親はケチでまだニューアークに住んでいるつもりなの、なんてブレンダに言われるとニールはカチンときてしまう。それでも、夏の休暇中は家に来て過ごしていい、と言われ、ブレンダの家で何日も過ごす。その間、ニールはブレンダの部屋に忍び込んでセックスしまくる。しまいにはニューヨークにある産児制限活動家マーガレット・サンガーの事務所にブレンダを行かせ、避妊用のペッサリーを入手させる。

こうして付き合っていれば、そのうちブレンダと結婚して、彼女の一族に組み込まれるのかなあ、なんてニールは思う。だが彼の夢は実現しない。のちにハーバード大学と合併することになるラドクリフ・カレッジにブレンダが戻ったすぐあと、彼女の部屋を掃除していた母親はペッサリーを見つけてしまう。それは娘がこの家でさんざんニールと愛し合った証拠だった。彼女の両親はこうした関係を決して許そうとしない。だがニールは、悪いことなんてしてない、と言う。その言葉にブレンダは、私じゃなくて両親がどう考えるかだけが大事なの、と言い返すばかりだった。

『さようならコロンバス』に登場するのはユダヤ人の二つのあり方だ。移民二世であるブレンダの両親の世代にはまだ、ヨーロッパで迫害され、アメリカ合衆国に渡ってきた貧しい一世の記憶がある。だからイディッシュ語と英語のバイリンガルなことも多いし、あまり良い教育を受けられず、熱心に商売に打ち込んで身を立てた、という人が多い。家具屋をしているブレンダの父親もまた根っからの商売人で、ときに取引先を脅しながらのし上がってきた。そしてブレンダの母親は敬虔なユダヤ教徒で、子どもたちも戒律に従って生きることを期待している。

だが三世は違う。もはやヨーロッパの記憶は遠い。スポーツや勉強に打ち込んで、なんとかアングロサクソンの世界に食い込もうとしている。ブレンダの兄ロンはオハイオ州コロンバスにある大学でバスケットボールのスター選手だった。家業を手伝う今も、「さようならコロンバス」と連呼される自分の卒業記念レコードを聴くのが趣味だ。

そしてブレンダは両親の宗教的な世界観から遠ざかり、アメリカの豊かさに浸っている。テニスや水泳をしながら大学で学ぶ彼女は一見、アングロサクソンの学生たちと何も変わらない。それはラトガーズ大学で哲学を学んだニールも同じだ。自分の愛情や性的な欲望に忠実な彼を、ブレンダは受け入れているように見える。

けれども、性に関する考え方で二人は決定的に対立してしまう。ニールは両親との関係をすでに断ち切っているが、ブレンダは違う。両親のユダヤ教的な世界と世俗的なアメリカ社会の狭間で彼女は揺れ動き、どちらを選ぶこともできない。それは当然だろう。片方を切り離したとたん、彼女自身ではいられなくなってしまうのだから。たとえその結果、ニールを失うことになってもだ。

それではニールはユダヤ人の世界を完全に捨てたのだろうか。そうではない。彼は宗教的な考え方を拒絶しながらも、マイノリティのあり方には敏感だ。だからブレンダの両親がナバホ族の顔をした黒人の家政婦を使っていることを気にする。なぜか。両親がアングロサクソンの人々の生き方を拒絶しているようでありながら、実は奴隷制に遡れるだろう彼らの人種観を最悪の形で反復しているように見えるからだ。

そして図書館に通ってくる黒人の少年と密かな連帯感を抱く。あまりきちんとした教育を受けていなさそうな少年だが、実は絵が好きで、ゴーギャンがタヒチの女性たちを描いた画集を毎日じっと眺めていた。ならば少年は、ポリネシア娘みたいなブレンダに恋する自分の同志ではないか。だから少年を疑いの目で見る同僚からかばい、他の利用者に画集が借りられそうになると、今は予約が入っていますと嘘までつく。ニールは少年ががっかりする顔を見たくないのだ。

しかし結局のところ、愛する人の前で自分の欲望を正直に曝す、というニールの考え方をブレンダは受け入れない。いや、彼女も理解してはいる。だが自分に期待してくれる両親に逆らえないのだ。彼女は言う。

'You don't understand. Your parents don't bother you any more. You're lucky.'

「あなたにはわからない。もうあなたは親にあれこれ言われないでしょう。幸せね」。

優等生である彼女の気持ちが切ない。六十年前の青春小説でありながら、いまだ言葉は瑞々しい。そして移民の苦悩や性の問題がデビューから一貫してロスのテーマだったことがよくわかる。

Philip Roth, *Goodbye, Columbus*. 1959. New York: Penguin USA, 1986.

人間として認められるということ

ジョイス・キャロル・オーツ
「ゴミ埋め立て地」「自殺防止のための監視」
Joyce Carol Oates
"Landfill," "Suicide Watch"

＊

毎年、海外文学が話題になる季節がある。秋のノーベル文学賞発表のころだ。現在、村上春樹と並んで下馬評の上位に入っている二人が、アメリカ人作家のフィリップ・ロスとジョイス・キャロル・オーツである。一九三三年生まれのロスは、デビュー作『さようならコロンバス』以来、ユダヤ系文学の代表者として日本でも紹介されてきているから、作品を読んだことがある、という人も多いだろう。だけどオーツはどうかな。実はけっこう翻訳はあるけど、日本での認知度はイマイチなのではないか。それでも彼女は本当に優れた作家である。トニ・モリソン、ロスと並んで、現代アメリカを代表するトップグループの一員だと断言できるほどの存在だ。

オーツは一九三八年ニューヨーク州生まれで、著作はゆうに百冊は越えている。七十歳を越えた今でも年に二冊のペースで書き続けているというからすごい。小説、エッセイ、戯曲、評論、詩と、作品のジャンルは多岐にわたる。その内容は激しい。暴力、犯罪、性など、人間の暗い部分を、これでもかというぐらいに彼女は深く鋭く描く。文章も素晴らしくて、原文で読んでいると、そのかっこよさに、どうにも読むのを止められなくなる。オーツの作品が暴力的なのは、アメリカ社会が暴力的だからだ。人種差別、薬物の蔓延、ドメスティック・バイオレンスなど、人生の負の側面を扱わなければ、社会をリアルに捉えることはできない。暗さを正面から見つめる眼差しと卓越した言語能力がオーツの良さである。

具体的に見てみよう。たとえば短篇「ゴミ埋め立て地」はどうだろう。雑誌『ニューヨーカー』に掲載されたこの作品は、実際にあった事件をもとに書かれている。あるとき、ミシガン州のゴミ埋め立て地で、大学生の遺体が見つかった。名前はエクトル・カンポス、ラテン系の彼は、機械によってものすごく圧縮された姿で発見された。自殺か他殺か、あるいは事故か。オーツの筆は様々な人物の証言を交えながら、詳細に事件を辿る。

建築の仕事をしていた祖父の代に合衆国に移住し、続いて父親は車のセールスマンになる。そして必死に稼いだ金で、白人しかいない高級住宅地に家を買う。これだけを見ても、貧しい移民であるカンポス家には強烈な階級上昇の意志が一貫していることがわかる。ほとんど白人ばかりのミシガン州立大学グランド・ラピッズ校に孫のエクトルが入学したのもそのせいだ。

アメリカ生まれで英語もうまい自分を対等の人間だと認めてほしい。それは、アメリカに住む移民二世、三世の誰もが抱く願いだろう。しかしエクトルの夢はことごとく踏みにじられる。特権的な学生組織であるフラタニティの一つ、ファイ・イプシロンに納める金が足りなくて、門前払いされそうになる。ようやく両親から金を送ってもらい入会できても、白人でない彼はしょせん人数合わせでしかない。先輩たちは口では、今こそファイ・イプシロンにも人種的多様性が必要だ、なんて言うが、それまでずっとマイノリティを排除してきたことからもわかるとおり、本当はエクトルを仲間として受け入れる気なんてない。

そんな思いまでして、なんでエクトルは白人中心の大学に行くのか。そしてとりわけ人種差別的な団体に入ろうとするのか。むしろラテン系が多い大学に行き、ラテン系の組織に入ればいいではないか。けれどもエクトルはそうはできない。そうすれば、自分はこの国ではいつまで経ってもまっとうな人間として扱われない運命だと認めることになるからだ。だからエクトルはファイ・イプシロンの先輩たちの、うわべだけのきれいごとにすがる。そしてその切ない選択が、やがて自分の命を奪うことになる。

発端はフラタニティの建物で毎日のように繰り広げられているパーティーだ。先輩たちに認めてもらおうとエクトルは大酒を飲み、急性アルコール中毒になりシャワー室で倒れてしまう。けれども先輩たちは彼を介護せず放っておく。そのうえ、まだ生きているかと腹を蹴るのだ。こんなに酷い扱いを受けてエクトルは嫌にならないのか。しかし反対に、これがエクトルの気持ちに火をつける。自分の努力が足りないから相手にされないんだ。ならばもっとバカをやれば認めてもらえるんじゃないか。この「差別ではなく自分のせい」と考える思考様式がエクトルを追い込む。

彼は後日、酒を飲んで大暴れし、建物の外にある大きなゴミ箱に通じているダスト・シュートに飛び込む。ゴミ箱の壁に頭をぶつけて大怪我をしたものの、まだその時点では彼は生きていた。しかし彼の運命はここで暗転する。先輩たちはエクトルを探しに行かない。ようやく行っても、ゴミの山の中に紛れた彼を熱心には探さない。ちょっと探して見つからないと、自力でゴミ箱の外に出て、家に帰ったんだろう、なんて言って先輩たちは帰ってしまう。ようやく彼がいなくなったことが判明したのは数日後で、そのころにはエクトルは、圧縮された死体としてゴミ埋め立て地に転がっていた。なぜ先輩たちはエクトルを最後まで探さなかったのか。もし彼が白人ならば、彼をこんなふうに扱っただろうか。一人一人の些細な差別意識と悪意が集まり、巨大な暴力となって人の命を奪う。エクトルを殺した犯人とは、まさに差別的なアメリカ社会全体である。

『モーゼス博士の博物館／*The Museum of Dr. Moses*』所収の短篇、「自殺防止のための監視」はどうだろう。世界を飛び回っているビジネスマンの父親は、息子のセスが刑務所に収監されたと聞き、慌てて面会に訪れる。誰も敬意を払ってくれないことに当惑した父親は、自分と息子以外、ほとんど白人がいないことに気づく。収監者の大部分は黒人かラテン系で、白人は看守たちだけだ。もともとは優等生だった息子だが、大学時代に薬物中毒になり、荒れた生活を送っていた。恋人のクリスタと、彼女との間にできた赤ん坊の二人が失踪したせいで、セスは刑務所に入れられる。けれども精神に異常をきたしている彼は、なかなか何があったかを明かさない。

しかし父親を見てセスは恐ろしい告白を始める。赤ん坊を風呂に入れていて、気づいたら熱湯の中に長時間放置してしまっていた。助け上げたときにはもう手遅れで、息絶えた子どもの遺体を箱に詰め、父親の別荘に送りつけた、と。どうしてセスはそこまでの暴力に走ったのか。仕事ばかりしてかまってくれず、電話一本くれなかった父親に、自分の魂を殺されてしまったからだ。そして父親の無意識の暴力は、息子の狂気を通して孫を殺す。

You had your chance, Dad. Hell of a lot of times I called you, left a message and now it's too late.

あんたにだってチャンスはあったんだよ、父さん。ものすごく何度も電話して、メッセージも残したじゃないか。でももう遅いんだよ。

白人の仲間になりたい、という祖父や父親の夢に追い込まれて命を失う息子、あるいは、経済的な成功だけを求める父親に認めてもらえぬまま子どもを殺し、人間としての自分を失ってしまう息子。そうした親子の葛藤はありきたりのものでしかない。しかしそこに人種差別や薬物の蔓延といったアメリカの暴力が絡むとき、強烈な悲劇が訪れる。外国文学を読むとは、人間の共通した心情と、異なった経験とを共有する冒険だ。

Joyce Carol Oates, "Landfill." *New Yorker* Oct. 9, 2006.
Joyce Carol Oates, "Suicide Watch." *The Museum of Dr. Moses.* Orlando, Florida: Harcourt, 2007.

大戦間パリ　ポストコロニアル文学の胎動

ジーン・リース『カルテット』

＊

Jean Rhys, *Quartet*

［対談］都甲幸治＋中村和恵（詩人、エッセイスト）

都甲　今回はカリブ海やオーストラリアなど英語圏文学の研究者であり、詩人かつ翻訳家でもある中村和恵さんをお迎えして、ジーン・リース『カルテット』について話したいと思います。ジーン・リースは一八九〇年、イギリス領ドミニカ島生まれのクレオールの女性作家です。十六歳でイギリスに渡り、パリやウィーンにも住んで小説を書きました。最初はダンサーでしたが、編集者で作家だったフォード・マードックス・フォードと出会うことで、彼女の運命は変わっていきます。フォードはジェイムズ・ジョイス、ヘミングウェイ、D・H・ロレンスなど、さまざまな作家を世に送り出した人です。作家リースの生みの親であると同時に、泥沼の恋愛関係の相手としても有名で、破局後リースが書いた最初の長編が『カルテット』です。その後、彼女は数冊の小説を出したまま忘れられていたのですが、英国ＢＢＣ放送がリース作品の放送劇を企画して

「リースさん、生きていますか?」という広告を出した。それがきっかけで再び世に出たリースは、晩年に代表作『サルガッソーの広い海』を発表します。

中村　リースは自身の経験を材料にして小説をつくった人でした。今回お話する『カルテット』はフォードとの恋愛事件が描かれているため、一九二八年出版当時はスキャンダルを巻き起こしたのですが、あくまでもフィクションです。さらっと読むと、なんてひどい話だ、呆然! という感想になるかもしれない。ですが、今回投じてみたいのは、当時の社会背景や伝記的事実、他の小説との関係を読みこんで、いわば風呂敷をどんどん広げていく、という視線です。すると、俄然二十世紀の文学が俯瞰できるような景色が広がる、不思議なおもしろさがあります。

都甲　そのおもしろさの背景には、ポストコロニアルな状況やハラスメント、そして舞台となった一九二〇年代のパリの空気がありますね。二十世紀文学の重要な部分がこの作品から見えてくるような気がします。さて、『カルテット』の主要な登場人物は、マリアとその夫のゼリ、ハイドラーとその妻ロイスの四人で、リースと彼女の夫ラングレット、フォードと彼の事実婚の相手ステラ・ボーウェンがそれぞれモデルとなっています。まず古物商のゼリが盗品売買で逮捕され、窮地に陥ったマリアに、有名なイギリス人画商のハイドラーが援助を申し出る。そしてハイドラーはマリアに対して「ずっとあなたのことが好きで、夜ごと部屋に忍びこんであなたの寝顔を眺めていた。妻に相談したところ許可がでたので、あなたを愛人にしたい」と告白する。マリアは嫌がりますが、ハイドラーに強引に抱きしめられると、「たまらない幸福感と安心感を覚えて」愛人になってしまう。

中村　そう、わずか一行でマリアは恋に落ちる。というか、そう思いこむことにする。ハイドラーに庇護してほしい、愛してほしい、でも同時にこの関係が嫌でたまらない。とくに妻のロイスが二人の愛人関係を認めながら、マリアに嫌がらせをしてくるのが最悪。そうマリアは主張する。あのね、おもしろいのは作家リースがマリアの矛盾をきちんと描き出している、ってことなんです。マリアは明らかになにかの心理的な罠に自ら陥っている。

都甲　ロイスはマリアに対してすごく意地悪なのに、マリアに「私のことが嫌いですよね」と聞かれると必ず「大好きよ、何を言っているのよ」と答える。本当に怖い。

中村　こういう部分だけ取り上げると昼ドラみたいですよね。

都甲　マリアはハイドラーに激しく殴りかかったりして抵抗しますが、「どんな抵抗も虚しく感じる」と、結局ハイドラーに支配されてしまいます。それから一年が過ぎ、ゼリが刑務所から出所します。マリアはゼリにハイドラーの愛人になったことを告げます。自身の日々の辛さを吐露すると、ゼリは「わかった、今からハイドラーを殺しに行く」とリボルバーを用意する。でもマリアは「やめて、私はハイドラーを愛しているのよ」と言う。ゼリはマリアの混乱ぶりが理解できずに、外国へ逃亡してしまいます。

中村　この小説はジーン・リースの最初の長編小説ですが、当時の読者の関心はもっぱらゴシップ的興味だったのでは。ハイドラーのモデルとなっているフォード・マードックス・フォードは、ジョゼフ・コンラッドとの共著小説も書き、有望な若手作家への支援もする、当時のイギリス文学界の重鎮でした。それがカリブ海から来たわけのわからない女と三角関係になったというわけです。実は正確には三角関係どころじゃない。フォードの法律上の妻は別にいて、ロイスのモデルとなったオーストラリア人の画家、ボーウェンとは事実婚関係。そこにリースという愛人が割りこんできた。しかもリースには獄中の夫がいる。ややこしい。マックス・ソーンダースの詳細な伝記を読むとフォードという人は「ちょっとそこに直れ」とでも言ってやりたいような男で、でもイギリス文学史においてはいまも重要人物です。舞台がパリであったことも重要ですね。当時パリに多くのアメリカ人がいたことはよく知られていますが、イギリス人も多くいて、いわばアングロサクソン・コミュニティを作っていたことがこの小説からよくわかります。

都甲　作品の中でも、英語が通じる人に会いたいと思いながら主人公が街を歩くシーンがありますよね。

中村　日本人はパリにいるイギリス人やアメリカ人がみんなフランス語をペラペラ話せると思いがちだけど、実際はフランス語が苦手な人もすくなくない。なのでよく英語が話せる知り合い同士で一緒に食事やパーティーをしている。そういう集まりの中心にいたのがフォードだった。彼

は一九二四年に *The Transatlantic Review* という雑誌を創刊します。一年で終わる月刊誌ですが、ジョイスの『フィネガンズ・ウェイク』の一部掲載や、ジュナ・バーンズ、ガートルード・スタイン、エズラ・パウンドなど二十世紀の英語文学を語る上で欠かせない書き手たちが集った。リースのデビュー作が載ったのもこの雑誌の最終号でした。

都甲　ジョイスのほか、ヘミングウェイもフォードのお世話になっていた。フォードは「ジョイスは俺が作家にしてやったんだよ」と触れ回るような、声のでかいおじさんだったわけですね。

中村　一九二〇年代アメリカのいわゆる「ロストジェネレーション」の作家たちが、アメリカの保守的なピューリタニズムの社会に馴染めず、ヨーロッパに放浪しているわけですが、こうしたアメリカから来た新しい世代と、フォードのようなイギリスのおじさんの間には、明らかなジェネレーションギャップ、ないしは文化摩擦があります。ヘミングウェイはフォードの支援を受けているのに、『移動祝祭日』の中でも、フォードのことが嫌いだったと書いている。この二十六歳年上の文学上の先輩がどうしても嫌だった、ということらしい。『カルテット』の中でもロイスが、ハイドラーはいつも若い芸術家たちを支援しては嫌われると嘆いてますね。マリアの友達にちょっとヘミングウェイを思わせる若いアメリカ人作家がいて、彼もハイドラーを嫌っている。マリアはハイドラーに抗いきれないけれど、作家リースはこうした状況を把握することで、フォードの限界を見極めている。

都甲　ハイドラーにセクハラされるマリアの監視、という役目をロイスは担わされます。マリアが抜け出そうとすると「一度抱いてしまえば夫も飽きるから、我慢しなさい」と心のなかでつぶやき、「そんなワガママは言わないで」とマリアをなだめる。非常に気持ちの悪い役回りですね。

中村　もちろんそれはフィクションの中のことですから、実際どうであったかはわからないわけです。でもこの恋愛沙汰が特異なのは、関係者四人全員がそれぞれ自分の視点から事件を本にしていることなんですよ。リースの夫だったラングレットはジャーナリストや通訳などをしていた人で、小説も書いた。

都甲　それはすごいですね。リースの視点からだけでなく、登場人物それぞれの視点から見ると、また違ったことになりそうですね。

中村　並べてみるとステラ・ボーウエンの自伝がもっとも客観的で、小説としては国籍喪失者の悲喜劇を描いたラングレットのものが一番まとまりがあると思います。そして、フォードの小説 *When the Wicked Man* は、フォード愛読者にはもうしわけないけど、正直、ひどいと思う。ハーレム・ルネサンスとジャズが世界に新しいアフリカン・ディアスポラ起源の文化を広めた時代、彼がそうした文化をどう思っていたのかがわかります。黒人、アメリカ、植民地、熱帯、非西洋への偏見がありありと読み取れる。カリブ海出身のアル中で頭のおかしい女が汚い言葉を浴びせたり、殴りかかってくる描写があるんですが、「熱帯ではこういうこともある」とか「熱帯の女は野生的で野蛮だ」などと書いている。

都甲　明らかに見下していますね。リースの小説では『サルガッソーの広い海』でも喧嘩のシーンが出てきますが、女性が殴りかかる描写はけっこう多いですよね。

中村　殴りかかりますね！　そして罵ります。フォードの小説の中のカリブ海の女性は「部屋の中のものを全部壊して（smash）やる」などとわめくのですが、これはジーン・リースの代表作『サルガッソーの広い海』の中のオービア（呪術）つかいの黒人女性クリストフィーヌを彷彿とさせる言葉で、実際にリース自身が言ったことかもしれません。フォードは「ウィンドワード諸島から来た女は小汚い言葉を使う」などと書いています。一方でロイスのモデルとなったボーウェンの自伝を読んでみると、どうやら実際のボーウェンはとてもまともな人で、ロイスの大部分はリースが別の人々の特徴も織り混ぜて創りあげたフィクションらしいと推察できます。それとね、『カルテット』の主人公マリアはイギリス人ということになっているけれど、どうも説得力がないんですよ。スラブ的だとか、カルムイク（シベリアのモンゴロイド系先住民）のような変わった顔だと書かれていて、マリアは明らかに非西洋的な存在なんです。一方ハイドラーは、大英帝国の富と権威と力を代表する存在。抗いがたい。マリアとロイスは、じつは両者ともこの男に従う従属物。だからこそ憎悪を燃やし合い敵対する。

都甲　差別されている人が、差別されている他の人を激しく見下す、というパターンですね。

中村　マリアのモデルであるリース自身は英領西インド諸島、すなわちカリブ海出身で、ロイスのモデルはオーストラリア人です。それを読みこんで見直すと、これはまさに、旧世界の権威である大英帝国の男と、彼に隷属しながら抗う植民地の女の物語なんです。

都甲　ロイスは、いつも愛人が入れ替わるハイドラーのハーレムの看守役を果たします。

中村　ステラ・ボーウェンの自伝を読むと、彼女がフォードの文学的才能や権威に惚れ込んでいることがよくわかります。伝記によればフォードはさほど裕福ではないのですが、ボーウェンが一生懸命やりくりしてお金を工面している。「植民地の女」というテーマに並ぶ、この小説のもう一つの大事なテーマが「お金」なんです。この二つのテーマは深いところで結びついている。イギリスにとって植民地は第一に搾取の対象であるわけですから。

都甲　『カルテット』でも、主人公のマリアが南仏に行かされる場面があります。そこでハイドラーから手紙が来て、「逃げられないが生きてはいけるだけのお金をあなたに送る」とあります。本当に少額のお金を、マリアが死なないように何度か送っている。

中村　ハイドラーは愛人に多額のお金を与えられる程の財力はない。喧嘩をして出ていったマリアに住居を提供することはできないので、薄汚いホテルに住まわせる。ジーン・リースの小説で繰り返し出てくる、ポジションもコネもない孤立した女が性的に搾取される舞台が、こうした、都市の場末のホテル。

都甲　マリアはホテルの汚い壁紙を見て意気消沈しますね。

中村　ロンドンやパリのような地価も家賃も高い街でなんとか暮らしていこうとしている人にとっては、こうした汚くて狭い部屋というのはとてもリアルな設定ですよね。この小説のセールスポイントの一つが、当時のパリの暗黒街の描写でした。『メグレ警視』シリーズにも通じるような、パリの闇が描かれていると。

都甲　たしかにマリアの夫は犯罪者で、愛人はセクハラおじさん。そしてどちらとの関係も切れずに彼女は苦しんでいます。夫の友人たちは全員、犯罪者ですが、彼らがけっこう良いことを言います。たとえば「世の中で最も苦しめられているのはユダヤ人だが、彼らは他の苦しんでいる人間に優しい。だからユダヤ人を頼れば間違いない」とか、「他人の弱みを見つけると、世の中の人間は必ずつけ込んでくる。だからどうやって弱みを見せないかが大事だ」とか、箴言のようなセリフがたくさん出てきます。

中村　そうなんですよ。なにしろ登場人物がみんな、そして先述したように彼らのモデルもみんな、一家言ある。一つの情事に関わった四人全員が本を出しているなんて、文学史上稀に見る出来事でしょう。リースの夫であるラングレットの小説はとても面白くて、翻訳を出したいぐらい。原作はフランス語で、なんとリースが英訳してるんです。正確にはラングレットのフランス語小説の、リースによる改作ですね。ラングレット自身に重なるその小説の主人公は詐欺と窃盗により逮捕され、その後釈放されますが、パスポートなども偽造であったために、どこの国にも行く権利がなくなり、パリから逃れることができません。各方面に足を運ぶものの、国境で追い返されてしまい、一体どこへ行けば良いのか、途方に暮れてしまう。その彼を救ってくれるのが、先ほど都甲さんが指摘された、彼の犯罪者の友人たちなんです。

都甲　一般人には見えない犯罪者たちのネットワークがあるんですね。なおかつ、皆「仁義」に厚く、そして異常に美しい恋人がいたりする（笑）。

中村　エンターテイメントとしての条件はばっちり。舞台となっている一九二〇年代大戦間のパリは、とても面白い時代ですしね。前半に戦争のショックがあり、それからアールデコの時代があり、後半になると新たな戦争の匂いが立ち込め始める。この時代、イギリス人やアメリカ人は為替レートの関係で、フランスに来ると割と良い暮らしができたんです。フォードもたいしてお金をもっていなかったけれど、フランスだと良い暮らしができた。フランスで下層の暮らしをしている人から見れば、フォードも富豪に見えたでしょう。

都甲　今の日本人でも、東南アジアで同じようなことをしている人がいますね。

中村　この時代の東南アジアというと金子光晴が念頭に浮かびますが、彼は貧乏なのでちょっと違うか。金子もこの時代のパリをさすらっている。

都甲　あとは、藤田嗣治もそうですね。

中村　そうなんです。『カルテット』にはカフェの場面がたくさん出てくるのですが、その一つに日本人画家のモデルとして有名な女性が出てきて、ロイスは彼女をパーティーに呼んだこともあったのに、カフェで無視される、というところがあります。

都甲　それで、主人公のマリアが彼女に話を聞きに行くと、「愛想よくして良いことなんて一つもないわ。馬鹿にされるだけ。だからできるだけ冷たくするのがいちばんよ。」と言い放ちます。

中村　ここで言及されている日本人の画家というのは、おそらく藤田嗣治のことだろうと思います。フォードとステラ・ボーウェンがパリの住居で催したパーティーには、当時パリにいたフランス人や外国人の文学者、芸術家が数多く出入りしていました。カリブ海の黒人作家やダンサーなども顔を出している。ポストコロニアル文学がまだそういう名で呼ばれる前の潮流が、押し寄せてきていた。

都甲　『カルテット』で、ヘミングウェイに似た立場の青年とマリアがカフェで話す場面があります。マリアが身の上話をすると、その青年は「自分がどういう状態かわかっているのか。まともじゃないよ。考え直せ。」と言う。でもマリアは「この人は私を助ける力がない」と思う。彼と話を終えてカフェを出ると「カフェを出た瞬間に彼の存在を忘れてしまった」と強烈な書き方をしています。これがほんとにヘミングウェイだったら、その後、ノーベル文学賞を獲るほどの作家になるわけなので、リースも見る目がないということになったわけですが（笑）。

中村　実際のモデルは別人（アイヴァン・ビード）らしいですが、ヘミングウェイも彼同様、フォードの文学サークルの一員だった。ヘミングウェイは友人への手紙でもフォードの悪口を散々書いてますね。ステラ・ボーウェンいわく、フォードがこうして若い作家の面倒を見ていたのは、フォード自身が確証を欲している、つまり周囲の尊敬を集めたいからなのだと。だから常に「弟子」が必要だった。そして、弟子たちにお金を与え雑誌に書かせてやる。新世代のヘミングウェイからすると、この保護者づらはがまんならない。格好の敵というわけです。

都甲　フォードは男性にはお金をあげたり、雑誌に載せてあげると言ったりする。そして女性にはセクハラをする、ということですね。

中村　フォードからしてみると、支援であり、恋愛ということなんでしょうけどね。次々と愛人を変えていきます。ちょっと脱線するようなんですけれど、フォードとヘミングウェイたちの行き違いを、T・S・エリオットがブルームズベリー・グループからの資金援助を拒否して、銀行で働き続けることを選んだ、という逸話と並べてみると、おもしろいなと思うんですよ。ヴァージニア・ウルフがエリオットに手紙を出して「私たちが基金を募るから、あなたの才能を文学に捧げてほしい」と提案するのですが、エリオットははっきりとその申し出を断る。なんで？と困惑したらしい。この話にはアメリカとは異なる、中流以上のイギリスにおける階級意識や労働観が透けて見えるように思うんです。

都甲　ヴァージニア・ウルフはお金持ちの子女でした。ウルフの作品である『自分自身の部屋』は「女性は自分の部屋があれば書くことができる」というふうに読まれていますが、実際には「インドで大金持ちの叔母が死に、莫大な遺産を相続した女性のみが書ける」と彼女は言っている。読むとびっくりします。

中村　貧乏人には書くことができない、と言っていますね。エリオットは銀行員として働くのが好きだったんですよ。のちに編集者としても有能ぶりを発揮しています。自分の仕事を無駄な苦役のようにみなすブルームズベリー・グループからの援助話に、正直いらっとしたのでは。まさに『カルテット』と同時代の話です。ヘミングウェイがフォードを憎悪しているのもわかる気がします。リースはフォードの援助に頼らざるをえない状況で、愛人にもなりましたが、同時に彼を嫌悪してもいる。嫌ったのには、これに似た階級意識の違いもあったんじゃないか。

都甲　確かにマリアはハイドラーを嫌悪していますが、途中で「私は彼が好きじゃない。彼のことは信じていない。ただ彼を愛しているだけ」と言います。このセリフには非常に違和感を覚えます。最近自分でも感じていることなのですが、年上の男性と接すると、ハラスメント的な関係に陥りやすいと思うんです。つまり「おれの言うことが聞けないのか」といった権力関係が発生するんですね。そういう視点から考えてみると、『カルテット』は「どうすればセクハラができるか」というマニュアル本のようにも読めるんじゃないかと思うんです。つまりこの作品には、一見すると性的な搾取を描かれているようで、実はどうすれば相手の意志を奪えるのか、というテクニックがたくさん書いてある。まず、夫婦はマリアを自分の家に連れ込み、社会から隔離します。そしてマリアが何を言っても否定する。「あなたは若いからわかっていないだけ」「あなたは間違っている」と全て否定するんです。そして「そんなことを言うと周りの人が迷惑する」と言いながら、論理と権威を使って相手を追い詰める。ずっと議論をし続けて睡眠も奪い、相手を疲れ果てさせます。その上でセクハラ行為に及び、「お前はもうおれの女だから後戻りできないぞ」と迫る。こうしてハイドラーはマリアの心を破壊します。ハリウッドで有名なプロデューサーが女優にセクハラしまくっていた事件がありましたが、こんな感じだったのか、と思いました。セクハラをしている側は恋愛をしているつもりです。自分に魅力があると思い込み、相手によかれと思ってやっている。しかし、セクハラをされている側は心を傷つけられ、金だけ渡されながら屈辱を受ける。いっぱしの女優になっても鬱状態が続きます。

中村　まさにそうしたセクハラ関係の格好の装置として「植民地の女」というポジショニングが浮上してくる。イギリスという構造的な権力者の前にジーン・リースと彼女のヒロインたちは何度も屈してしまう。ステラ・ボーウェンもやはり植民地出身の女で、フォードの権威の前にひれ伏してしまう。なんせフォードは「ジョイスよりもヘミングウェイよりも偉い」んだから（笑）。「本国」の文学で育ち、紳士や芸術家との恋を夢見てロンドンやパリにきた植民地の女の子たちと、オクスブリッジ出のイギリス男の不均等な関係。この構図は、エンドレスに続きます。例えばキャサリン・マンスフィールドもそう。彼女をイギリス人作家だと思っている日本人がまだすくなからずいるかもしれないけれど、ニュージーランドの人ですね。リースと同様に若い頃にイギリスへやってきて、作家を志し、それから作家でロシア文学批評家でもあったJ・M・マリと結婚しましたが、三十代のうちに病気で亡くなってしまった。長生きして書いたらニュージーランド文学史はおそらく別物だったでしょう。マンスフィールドは依存型というより冒険家型の恋多き女だと思いますが、実人生においても作品の中にも、文学少女の冒険への憧れが垣間見えます。ニューカレドニア生まれのフランスの作家フランシス・カルコと一時期恋人だったというのも、彼女らしい。

都甲　リースに続いてマンスフィールドも、恋人が本を書いているんですね（笑）。恋愛話が双方向で立体的になっている。

中村　カルコはベル・エポック時代のモンマルトルの作家たちのことを書いたメモワールやパリの暗黒街の小説で知られた作家で、その小説の一つをジーン・リースが英訳しているんです。その作品（*Perversity*）には売春婦が出てくるのですが、リースは売春婦が出てくる物語が子どもの頃から好きだ、と言っている。その理由にはひと言では説明できない、植民地の文学少女のねじれた感性があるように思うんです。リースは少女時代にセクハラを受けた経験がある、という指摘もあります。すくなくともイギリスから来た退役軍人にセクハラされる植民地の少女の物語を書いている。イギリス本国の軍人や作家というものが、植民地の少女にとって大変な権威に見え、憧れの対象になることはしばしばある。そして実際には彼らが植民地の女の子たちを性的な消費物としてしか見ない、ということも同様にしばしばしば起こる。

都甲　彼らは植民地の女性を人間として認めてないですからね。『カルテット』でも、彼女たちを「野蛮」とか「動物的」と言っています。

中村　フォードはリースの最初の短編集に序文を寄せています。二十ページもの長いまえがきなのですが、そのうち十七ページは自分のパリの思い出。リースのことを全然書いていない。十七ページ目になってようやく、「この稀な作家は悲しげなパリの失われた風景を描いている、負け犬の人生の描写が本当に素晴らしく」などという。フォードにとって、リースの物語に登場するパリ左岸の女店員、犯罪者たち、カフェで働く人々や法すれすれで生きている貧乏人たちは全て「負け犬」らしい。

都甲　それはいわゆる「偉い作家」が書きそうな内容ですね。

中村　アンティル諸島からやってきた、恐ろしい洞察力で負け犬たちの物語を共感を持って描く作家、それがフォードのリース解説です。さらに、それは「Occidental Literature とは違う」、つまり「西洋文学ではない」と言っている。フォードはカリブ海を含むアメリカ大陸全体を「野蛮」という言葉に集約されるものと見なしているふしがある。ジャズや黒人音楽、黒人の血が入った女性たちを「動物的」と形容し、その延長線上にジーン・リースを置いている。そして、その「動物的なエネルギー」を持った女への関心は、端的に性的です。これは『サルガッソー』に、またその下敷きとなった『ジェーン・エア』にも通じる植民地白人（クレオール）観です。ハイドラーはもうひとりのロチェスターなんです。

都甲　作品中にも「love」という言葉はたくさん出てきますが、全く愛が感じられません。

中村　その内容は共感や理解ではなく、ただただ性欲ですよね。マリアもそれはよくわかっている。これは当時のヨーロッパやイギリスの黒人女性やパフォーマーたちへの視線につながっているんじゃないか。当時のロンドンにはまだ南アフリカの先住民族女性を「ホッテントット・ヴィーナス」と呼んで見世物にしていた時代の空気が色濃く残っていました。一九二七年にはジョセフィン・ベイカーというアメリカの黒人女性パフォーマーがパリで話題になっている。こうした流れの中で、ジーン・リースはフォードに、外見は白いけれど中身は黒人のような女としてとらえられていたのだと思います。

都甲　彼女はしゃべり方が違う。『サルガッソー』では「表情のニュアンス」についても「白人じゃないけど黒人でもない、ただ白人に見えるだけの人」という描かれ方がされます。

中村　『カルテット』を深読みしていくと、二十世紀の大作家たちが集うパリ、ヨーロッパ文明最高の時代の一つともいえる大戦間パリの文化人たちが、いかに十九世紀的価値観と新時代の間で揺れていたか、文学史の華やかな表舞台の裏に、どんな排他性と偏見が澱んでいたかが見えてきます。フランスの大御所作家たちも、別の角度から再考しなくてはという気がしてくる。例えばアフリカとアンドレ・ジッドと、黒い肌の若い男たちのこと。フォードとも重なって見えてくるものがありますよね。

都甲　なるほど。

中村　フォードの主催したパリのパーティーについてはステラ・ボーウエンが詳細に書いているのですが、あるときクロード・マッケイがそこにきている。マッケイはジャマイカ出身の詩人・作家で、二十世紀初頭からジャマイカのクレオール英語で詩を書いていた、もう訛りっぱなしの英語で書いてます。こうした試みの先駆者です。

都甲　彼はニューヨークの「Harlem Renessance（一九一九年～一九三〇年代まで続いたニューヨーク市マンハッタン区ハーレムにおけるアフリカ系アメリカ人のアート、音楽、芸術などの全盛期）」の立役者ですが、カリブ海の話は知りませんでした。

中村　その彼の小説の一つ、*Home to Harlem* という作品の主人公はアメリカの黒人男性なんですが、ヨーロッパに行って働くものの、ヨーロッパの女達は黒人に対して冷たい。早くニューヨークのハーレムに帰って黒人の女性たちとイチャつきたい、という一心で戻ってくる。ニューヨークに帰ってきてすぐ引っかけた女に有り金をはたいて一夜をともにするのですが、朝目覚めると、その女は「あなたはいい男だったから」と払ったお金を置いていき、「やっぱりハーレムはいい場所だ」という話から物語が始まる。当時この小説の性的放埒さは黒人をおとしめるものだと物議を醸しましたが、いま読むと女性への敬意がちゃんとある。

都甲　それはおもしろいですね。

中村　そうなんです。主人公はアメリカで黒人の歴史についてはあまり教育を受けていなかったのですが、別の仕事をしている時にカリブ海の黒人労働者と出会います。この人からトゥーサン・ルベルチュールとハイチ革命について学び、目覚めていく。何が言いたいかと言うとね、フォードはパリでクロード・マッケイのように黒人とアメリカとカリブ海について先端的な意識を持った作家とも出会っていたということ。

都甲　とても狭い世界なんですね。

中村　まさに。なのに、意識は遠く離れていた。おそらくフォードにはマッケイのような黒人作家の背景や革新性は、わからなかったんじゃないか。居心地の悪さ、違和感を覚えたかもしれない。マッケイはカリブ海出身のダンサーたちの一団を引き連れてパーティーに来たそうですから、フォードからしてみれば「何だこのへんな連中は」という感じだったかも。

都甲　白人たちがひく姿が、なんとなく想像つきますね。

中村　一九二〇年代のパリはたしかに多様でしたが、そのことを消化しきれない空気も同時に存在していたんだと思います。その空気が、リースとフォードの物語の背景にはあるんですね。たんなるセクハラおやじと被害女性の話じゃない。たんなる、なんてことはおそらくこうした力関係にはありえないんですよね。ヨーロッパ列強の帝国主義と植民地支配が二度目の世界大戦になだれこもうとしていた時期ですでにそういう世界の構造的暴力を見透かし、個人の物語として語っている作家たちがいた。ポストコロニアル文学は理論先行じゃないから、おもしろい。『カルテット』はその証拠の一つなんじゃないでしょうか。

Jean Rhys, *Quartet*. 1928. New York: W. W. Norton & Company, 1997.

（二〇一八年二月四日に下北沢「本屋Ｂ＆Ｂ」で行われたトークイベントから構成）

希望という名に託された想い

サンドラ・シスネロス『マンゴー通り、ときどきさよなら』

Sandra Cisneros, The House on Mango Street

＊

［対談］都甲幸治＋温又柔（作家）

都甲　今回は作家の温又柔さんをお迎えして、サンドラ・シスネロスの『マンゴー通り、ときどきさよなら』（くぼたのぞみ訳、一九九六年、晶文社。二〇一八年に白水社より復刊。以下、『マンゴー通り』）について話し合っていきたいと思います。この作品はシカゴにあるメキシコ系やプエルトリコ系のいわゆるラテン系の人々が住んでいる地区を舞台としています。表紙にある絵も素敵で、"EL BARRIO ES NUESTRO"とスペイン語で書かれているんですが、日本語だと「この町内は私たちのもの」といった意味でしょうか。主人公の少女エスペランサが英語とスペイン語の文化の違いに晒されながら、さまざまな悔しいことや悲しいことを通じて、それでも頑張って生きていく、といった短編集です。原著は一九八四年、日本語の翻訳が出たのが一九九六年です。二〇一八年の復刊バージョンでは、温さんが解説を書かれているのですが、なぜこの作品の解説を温さんが書いているのかといったことも含めて、今日は聞いていこうかなと思っています。

温　私が『マンゴー通り』と出会ったのは、翻訳が出てからずっとあとで、作家として日本でデビューした直後にはじめて読みました。二〇〇九年に「好去好来歌」という作品でデビューしたので、今から九年前のことですね。

都甲　この作品の主人公のエスペランサは自分の名前がスペイン語なのが嫌だ、という話が出てきます。温さんの作品にも同じような描写が出てきますが、実際のところ作家としてデビューしたあとに『マンゴー通り』と出会っていたんですね。

温　そうなんです。ちょうど作家としてデビューしたあと「温又柔」という名前に対して、「あいつは何人なんだ、いつから日本語を学んだんだ」など、いろいろな人から言われていた時期でした。

都甲　確かに、今もそう思っている人は多いかもしれませんね。温さんの作品が外国文学の棚に入っていたりしますしね。

温　ちょうどその時期に今福龍太さんのエッセイの中でサンドラ・シスネロスの名前を知って、くぼたのぞみさん訳の『マンゴー通り』と出会ったんです。本を取り寄せて開いてみたら、「わたしの名前」という話が目に入ってきて、強く心惹かれました。

都甲　「わたしの名前」という章の中で、英語を話す学校ではエスペランサという名前について「学校ではみんな、わたしの名前がおかしいって、音節がブリキでできてるみたいで、口の上あごのところが痛くなるっていう。でも、スペイン語で発音すれば、わたしの名前はなんかもっとソフトなもの」と書かれています。温さんの作品の中でも「おんゆうじゅうはおまんじゅうに似てる」と主張する場面がありましたよね。

温　ありますね。実は私も、なんで自分はこんなへんな名前なんだろう、もっとふつうの名前がよかったな、とよく考えていました。私にとって「ふつう」の名前って、要するに日本人っぽい名前のことだったんですよね。学校に行くと、自分以外はみんな日本人という環境だったので。日本語だと「おまんじゅう」に酷似してるけど、「温又柔」って中国語で発音すると、「優しい」を意味する「温柔（ウェンロウ）」という響きを連想させるんです。でも、中国語を知らない子たちは私の名前に秘められた優しさに全然気づいてくれない（笑）。だからエスペランサが、「わたしの名前は英語ならホープ、希望という意味があるのに、英語でしゃべってる学校のみんなはそれをわかってくれない」と嘆くのがすごくよくわかる。エスペランサはスペイン語圏で生きていたら、「希望」という意味ですから、すごくいい名前なんだと思います。だけど英語圏で育っているから、英語しか使わない同級生たちからはあまりいい名前じゃないと言われて嘆いているのが、この話なんですよね。私はこれを読んで「一緒だ!」と思いました。アメリカのことも、アメリカにおけるラテン系の人々のことも知らなかったけれども、東アジアの中の日本でこの作品を読んで「仲間がいる」と励まされる思いがしました。これはメキシコ系アメリカ人の少女のお話だけど、それなら自分は日本育ちの台湾人の少女を主人公に東アジア版の『マンゴー通り』を目指そうと『来福の家』(二〇一一年、集英社)を書いたんです。

都甲　それは驚きました。この作品の原題は *The House on Mango Street* と、直訳すれば「マンゴー通り沿いの家」となります。『来福の家』はタイトルも影響を受けていたんですね。

温　そうなんです。「ときどきさよなら」という邦題もいい訳ですよね。くぼたのぞみさんの訳者あとがきにあるように、『マンゴー通り』は「はじけるような話しことばの英語のなかにスペイン語がどんどんまじりこんでくる。メキシカン・アメリカンの人たちの暮らしのなかで日常使われているスペイン語が、ここにも、あそこにも顔を出す」文体で書かれている。なんて素敵なんだろうと思って、私も日本語の中に中国語や台湾語を織り込んでみようと決心したのです。

都甲　シスネロスの作品は多言語で展開されているという点が特徴ですが、それ以外の部分でも参考にされたところはありますか。

温　多言語という点ともつながるのですが、親子同士で得意な言葉が違う、ズレている、という部分の描写がさばさばとしていて、湿っぽくないのにも惹かれました。日本の小説の中で、親が子どもと異なる言語をしゃべっていて、子どものほうが住んでいる国の言語に長けているといった場面が出ると、たいていその状況を悲劇的に書くものが多いように思います。でも、シスネロスは、母国の言葉であるスペイン語しかしゃべれない親と、移住先の言葉である英語のほうが得意な子どもとのズレをとってもユーモラスに描きますよね。

都甲 確かに、単純な深刻さにしてしまわないですよね。例えば「ノー・スピーク・イングリッシュ」という章の中で、お父さんがアメリカに来た頃「ハムエッグ」という英語しか知らなくて、お店でハムエッグしか頼めず、三か月朝昼晩食べ続ける。そして、「父さんはもうハムエッグは食べない」で終わる箇所があります。

温 移民であるお父さんのやるせなさを、「もうハムエッグは食べない」という一文で表しちゃう。そこに、異国で苦労しながら自分を育ててくれた父への思いは挟まない。感情を入れないんです。

都甲 たしかに、感情を入れると、重苦しくなってしまいますが、これはとても上手いところで終わっていますね。

温 好きな物を食べることができないって、異郷で一番辛いことだと思うんです。言語がわからないと、食べ物さえ自由に選べない、というのは海外に出ないとわからない経験だと思います。実は、来日直後の私の父親も同じような経験をしていて、中国語圏から来たのでメニューの漢字なら読めるけど、カタカナとかまじるとたんに怖気づく。それで餃子ばっかり頼むという…。

都甲 なるほど、「エビチリ」は食べられないけど、「餃子」とか「刀削麵」とかだと頼めるみたいな。カタカナが読めないせいで「餃子」しか食べられない。それは切ない。

温　そう、笑っちゃうくらいに切ないんです。たぶん、こういうことって感傷的に書こうと思えばいくらでも涙を誘うことはできるはずなんです。でも、シスネロスはちょっと笑わせる感じで書く。この風どおしのよさっていいですよね。移民ならではの悲喜こもごもが、移民ではない人たちにも「そういうことあるよね！」と伝わる形で書かれている。

都甲　『マンゴー通り』は世界で六〇〇万部も売れた大ベストセラーです。それだけ売れたというのは、やはり多くの人々が共感できる点があるのではないかと思います。

温　『マンゴー通り』には、メキシコ系アメリカ人のことが描かれているけれど、メキシコ系アメリカ人でなくては共感できない、というものではない。もちろんメキシコ系アメリカ人ならではの固有性を度外視してはいけないと思うけど、そこに描かれているありとあらゆる感情はだれの心にも身に覚えのあるようなもので、いろんな人に開かれています。だから遠い東アジアの台湾で生まれ日本で育った私の心にも響くのだと思います。

都甲　英語とスペイン語が入り交じるのが特殊な環境と思う人もいるかもしれないけれど、シスネロスの描く世界は、「怒っている」とか「共感しよう」とか、そういったメッセージの強さはあまりなくて、一言でいうと「ふつう」なんですよね。「ノー・スピーク・イングリッシュ」の中でも、赤ん坊がテレビから流れるコーラのＣＭソングを歌うと、お母さんが「ノー・スピーク・イングリッシュ」と言って抑えつけようとします。子どもにとっては英語でもスペイン語でもなく単なる歌なのに、お母さんは寂しくなってしまう。そういう一つ一つの話が、とてもありふれた話なんですよね。

温　これって、国境線だけの話じゃなく、世代間のズレという話でもあります。

都甲　例えば、日本でも親が関西出身で、子どもが関東で育って標準語を話していたら、親はとても寂しい思いをするでしょうしね。

温　テレビからは標準語が流れてくるから、子どもは標準語を身につけていく、といった話ですよね。

都甲　『マンゴー通り』にはそうした「あるある」と思う話がたくさん出てくるので、多言語状況というのが遠い人々の話ではないと感じさせる力がありますよね。

温　上っ面の共感を呼ぶのではなく、自分が目を背けてきたようなことをチクッと刺すような書き方をしています。

都甲　この作品を読んでいると、色々な昔のことを思い出したりします。その昔、在日韓国人の友人と「新大久保あたりって最近なんだか怖い雰囲気だって言われているよね」と口にしてしまったことがあったのですが、その友人から「あなたがそう言っている人たちが私の大切な家族なんです」と言われたことがありました。本当に悪いことをしたなと思いましたが、日本人に囲まれて生きているだけだとうっかり見落としてしまうことがたくさんあったりします。

温　そこはお互い様というか、私の場合は日本ではいわゆる差別的な発言を言われてしまう側に立つことが多いけれども、だからといって「だから日本人はひどいんだ」と言ってしまうと、相手との関係が即座に破綻してしまいます。そして、私の場合、外国出身とは言ってもずっと日本で育っているので、日本人と同じ感覚を自分自身が内面化している可能性がある。差別的発言を「言う側」「言われる側」といった単純な対立構造ならば、「言う側」を正せばよいのですが、「言われる側」の中に「言う側」を孕んでしまっているので、「自分も言う側になってしまうかも」と常に気をつけています。

都甲　私はその数年後にアメリカに留学した際、役所に行く機会がありました。そこで、役所の人が私とその場に同席した友人に向かって、「こいつは英語をしゃべれるのか」と私に指をさしながら言ってきたのです。「しゃべれますよ」と答えたら、「そうか。これ以上英語がしゃべれない奴が増えると迷惑なんだよな」などと言われ、自身の差別的発言から数年越しのブーメランが飛んできたような思いがしました。

温　でもそれって固定的な関係じゃないですよね。場所を変えれば、変わってくる流動的なものだと思うんです。『マンゴー通り』のおもしろさは、世界各地にある「マンゴー通り」とその住人たちと、その住人たちを眼差す人たちの心のゆらぎみたいなものが書かれているからだと思うんですよね。

都甲　『マンゴー通り』の面白さの一つには児童文学のような平易な文体で書かれているという点もあります。でも文章が簡単なのかというとそうでもない。シスネロスは詩人でもあるので、意外な表現も出てきます。例えば、『マンゴー通り』では「家」についての描写もたくさん出てきますが、「窓なんかあんまりちいさいんでじっと息を殺しているじゃないか」とか「猫のように足をまるめて座った格好の、わたしたちの家」とか、意外だけど言われてみるとよく分かる、といった表現がたくさん出てきて、詩の要素がすごく強く感じられます。

温　そうですね、スラスラ読めるけど、よく考えたらけっこう大胆な比喩がすごく多いですね。私が好きなのは、「男の子と女の子」という中で、エスペランサが今は秘密を打ち明けられるような友だちがいないけどいつかできるといいなと思う場面で出てくる「それまでのわたしは赤い風船。錨のついた赤い風船」という表現です。それだけ切り取ると何の意味だかわかりませんが、文脈の中ではこの比喩以外ありえないという説得力ですっと読ませる力があります。

都甲　エスペランサは幼い妹の世話をしなければならない。妹は英語もスペイン語もよくわからない、会話ができない相手なんですよね。

温　そうです、だからエスペランサは自分の事をなんでもわかってくれる人に会いたい、という気持ちがあるのが伝わるというか、作者が読者に対して「あなたもそういう気持ちよね」と語りかけてくるような温かさも感じられるのです。だからこそ作品の中に「自分」がいないか探してしまう。やわらかい文体なのに、どきっとする哲学っぽさも含まれています。

都甲　そうですね、児童文学っぽいのに実に重いテーマもあります。色々な女性の生き様が描かれますが、例えばひいおばあちゃんが頭に袋をかぶせられて拉致された挙げ句に結婚させられたという話が出てきます。他にもサリーという女性は家の中で父親に殴られていて、そこから抜け出すために結婚をするのですが、結局結婚相手もひどくて、家に閉じ込められてしまう。児童文学のような語り口でありながら相当激しい描写があります。

温　十一、十二歳くらいのエスペランサの目を通して書いているから、読者の私たちも同様の感覚で受け止めます。私が印象に残っているのは、「火曜日になるとココナッツ・ジュースとパパイヤ・ジュースを飲むラファエラ」という話です。ラファエラという美しい女性には嫉妬深い夫がいて、ラファエラが逃げ出さないように家に閉じ込めてしまいます。火曜日だけは夫が遊びに出かけてしまうので、ラファエラはエスペランサと姉妹たちにジュースを買ってくるように頼みます。ラファエラとの関係を書くことで、エスペランサは悲しい女性の存在を知ることができる。話としてはめちゃくちゃにひどいんですが。

都甲　めちゃくちゃにひどいのに、「父権制社会の矛盾が！」などとは言わないんですよね。正しいけど抽象的な概念で言われるとあまりピンとこないというのはありますが、ジュースを買って手渡すという具体的な描写だからこそ、私たちの感情に自然に降りてくるような気がします。

温　少女の等身大の感覚で描かれているんですよね。本の後半で「美しくて残酷で」という話がありますが、そこでエスペランサは妹と将来の夫について話をします。エスペランサは男の言いなりになるのは嫌だから、「皿を片付けない」と主張します。この少女なりの反発にすごく共感を覚えます。エスペランサはお兄ちゃんや弟は言われないのに、女の子だから「皿を洗え」と言われる世界に生きている。母親もそうした価値観の中で生きている。だから「皿を洗わない」というのは実にシンプルだけど、闘争の宣言なんですよね。

都甲　すごく抽象化するとフェミニズムにつながると思いますが、「そういうのおかしいんじゃないか」という気持ちが生まれる瞬間を捉えているという感じでしょうか。他にも例えばひいおばあちゃんもエスペランサもひのえうま生まれだという話の中で、ひのえうまの女は災いを呼ぶと言われているけどそんなものは信じないと言う場面があります。

温　「だって中国人は、メキシコ人もそうだけど、女が強くなるのは嫌いだから」とさり気なく書いています。私は台湾生まれですが、やはり「ひのえうま生まれの女」というのが忌避されていて、「伴娘（パンニャン）」と呼ばれる、結婚式のお手伝いをする女性がいるのですが、「ひのえうま生まれの女」というのは呼ばれないということがあるようなんです。アングロサクソン系とは異なるエスペランサの周囲の文化の中では、そうした中国人とメキシコ人で共通する精神性のようなものが感じられたのかもしれません。

都甲　ジュノ・ディアスというドミニカ出身の作家の作品の中でも、中国系の人物というのは重要な役割を果たします。例えば、秘密警察に追われていても、中華料理屋のおじさんだけは助けてくれて、大きな中華包丁で秘密警察を追い払うといった場面が出てきたりします。

温　何か「神秘的な存在」として捉えられることが多いのでしょうか。シスネロスはメキシコ系アメリカ人ですが、エイミ・タンなどアジア系アメリカ人作家の作品を読むと、主人公の親の世代が引き継いできた別の文化が、声高な政治的主張ではなく、調度品や食べ物の描写といった細部から伝わってくるときに面白さを感じます。

都甲　アメリカに住む人々が家で何を食べているのかというのはとても面白いですよね。『マンゴー通り』の中でも、お弁当がトルティーヤだったりする。

温　日本の小説を読んでいると、コリアンルーツの人々がお弁当にキムチを入れている描写があったりしますが、そうした類似性が面白く感じます。

都甲　「ふたつも名前のある犬を飼うメメ・オルティス」という話の中で、メメという子が飼っている犬の話が出てきます。その犬は英語とスペイン語の名前を持っていて、「犬の毛皮をすっぽりかぶった人間みたいに大きな犬で、飼い主にそっくりの走り方をする」という描写がありますが、言語の境界だけでなく、人間と動物の境界をも超えてしまいます。これって、大人が描くような表現ではないような気がします。

温　「犬のくせに生意気に名前がふたつもある」とエスペランサが言っているのも、少女らしくて可愛いですね。

都甲　エスペランサはずっと自分の名前のことを気にしているんですよね。

温　英語の感覚と、スペイン語の感覚の間で、自分に最も似つかわしい位置を定めたいと思う気持ちがずっとあるような気がしますね。

都甲　少し話が変わりますが、この作品は朗読してみると、とても気持ちいいんですよね。

温　私はくぼたさんの日本語訳で読んで、とてもリズミカルで楽しいなと思ったのですが、原文だとさらにリズミカルで気持ちがいいと聞きました。

都甲　そうなんです。特に詩がたくさん出てきますから、一部紹介しますね。

"Apples, peaches, pumpkin pah'ay. You're in love and so am ah'ay."
「りんごに、ピーチに、パンプキン・パ～イ。あなたとあたしが恋をして～。」（くぼた訳）

これは、マリンという化粧品のセールスをしている女性が口ずさむ唄なんですが、こんなふうに子どもたちの遊び歌のような詩がたくさん出てきます。他にも、「不運に生まれて」という話の中で、エスペランサは自分のおばさんに自作の詩を朗読する場面があります。

"I want to be
like the waves on the sea,
like the clouds in the wind,
but I'm me.
One day I'll jump
Out of my skin.
I'll shake the sky
like a hundred violins."

「わたしは　海のうえの
波のようになりたい
風のなかの雲のようになりたい
でもわたしはわたし
ある日　このからだから
飛びだしていくの

百のヴァイオリンみたいに
空を震わせて」（くぼた訳）

この詩を朗読すると、おばさんから「すてきだわ。とてもいい詩よ」「書き続けなければだめよ。書けば自由になれるからね」と言われます。それに対してエスペランサは「はい、とわたしはいったけれど、おばさんがなにをいいたかったのか、そのときのわたしにはわからなかった」と書いています。このあとおばさんは死んでしまいますが、もしもエスペランサが「おばさんに言われたのを励みにして書き続けました」と言ってしまうと面白くない。「わからない」けど、気持ちの中に温かみのある言葉と、その音が残って、あとになってその言葉に導かれていくような描写になっています。

温　「ある日このからだから飛びだしていくの」という箇所について、詩を聞いているおばさんというのは、病気で全然動けないんですね。暗い部屋で過ごして、目も見えない。このおばさんが十二歳の少女の瑞々しい声で「ある日このからだからとびだしていくの」という詩を聞かされたあとに、「書き続けなければだめよ。書けば自由になれるからね」と返すのは、おそらく著者のシスネロスがこの状況を含めて、おばさんが成し得なかったことをエスペランサがいつか成し得るんじゃないかということを描いているのではないでしょうか。つまり、エスペランサに、書くことでマンゴー通りを飛び出し、マンゴー通りを繰り返し語り続ける存在になりなさい、というメッセージを込めているんじゃないかと思います。これを読むと、「書くこと」が単なる記録だけでなく、記録することによってもっと遠くへ行ける、ということを伝えています。だからこそ「三人の姉妹」の章で、エスペランサが「出ていくときにはね、あんたはほかの人たちのために帰ってくることを忘れちゃだめなんだよ。あんたの知ってることを消すことはできないんだよ」と言われていることの意味を思うと感動します。『マンゴー通り』は、出ていったエスペランサ＝シスネロスが果たした責任の成果の一つなのだろうなって。『マンゴー通り』は巻頭に「A las mujeres（女たちへ）」と書かれているように、女たちへ捧げられた話なんですね。「女」に象徴される自由になれずにいた人々への讃歌という感じがします。

都甲　シスネロスは作家として大成功し、オバマ大統領に表彰されたような人物です。けれどもみんなが彼女のようにマンゴー通りから出ていけるわけじゃない。作中でもエスペランサがシスターに「どこに住んでいるの?」と尋ねられて、マンゴー通りの家を指すと、「あんなところに住んでいるの?」と返されるシーンがあります。白人の女の人に「あんたみたいなのがいると治安が悪くなるから、来週引っ越すの」と言われるシーンもある。でも出ていける人はいいけど、出ていけない人はそこで住み続けるしかない。

温　出ていくことが残っている人たちとの関係を断ち切るのではなく、むしろ残っている声なき人々の声を自分の中に引き受けるということこそが、文学の最も大事な仕事なんじゃないかと思います。

都甲　V・S・ナイポールの『ミゲル・ストリート』（岩波文庫）という素晴らしい作品があります。ナイポールはノーベル文学賞も受賞した作家ですが、作品では出身の島にいる何をしているかよくわからないおじさんたちの話を延々書いていたりする。でも、それで良いんですよね。

温　日本だと中上健次が近いかもしれませんね。『マンゴー通り』を読み返したときに、「路地」を思い出しました。中上は自身が育った被差別部落地域を源泉に作品を書き続けるのですが、役に立たないおじさんとか、全然働かないおじさんとかを書いていて、その描写が素晴らしいんです。登場するおじさんたちはおそらく自分では表現し得ない、書き得ない。

都甲　そういう何しているかわからないおじさんじゃないと、子どもにはかまってくれないというのもありますね。

温　いわゆる「成功者が語る」という世界観からはそうしたおじさんたちが排除されていきます。

都甲　「何かを成し遂げる、達成する、効率を上げる」というのと「ちゃんと感じる、一緒に時間を使う」というのとはおそらく真逆のものなんでしょうね。

温　それにしても日本だと「バイリンガル」というとなんとなくカッコいいイメージを抱きがちですが、アメリカだと必ずしもそうではありませんよね。英語だけ話せる人のほうがえらくて、特にスペイン語は移民が話す言葉として、そういう「バイリンガル」はむしろ足かせになるとか……。

都甲　たしかに、アメリカにも絶望的にモノリンガルな世界観がありますね。

温　そうであるからこそ、「格下」とみなされてきたスペイン語を、自分自身のまぎれもない一部としてその文体に堂々と織り込むシスネロスの「英語文学」に、私は憧れずにはいられません。

都甲　強い表現をすると、スペイン語は「奴隷の言語」という位置づけです。低賃金労働者たちがスペイン語を話しているというイメージが強いですね。私がロサンゼルスにある南カルフォルニア大学に行っていた時、スペイン語話者の多い地域だったのですが、キャンパス内では英語しか話されない。けれども一歩外に出てハンバーガーショップに行くと、スパングリッシュが飛び交う世界です。私はこんな音が、こんなリズムが、こんなメロディがあるのか、と驚きました。

温　本来言語に階級は存在しませんが、私は台湾の言語状況を考えてきたこともあり、そうした問題意識を投影しながら『マンゴー通り』を読んだようにも思います。私の親の世代は中国語が正式な言語で、台湾語は家庭内で使用される言語という位置づけでした。シスネロス的な方法を用いるならば、中国語ではなく、台湾語で溢れているという関係が近いかもしれません。

都甲　日本でいうと、方言と標準語の関係に近いでしょうか。

温　気をつけて言わなければいけないことですが、東京育ちの方が「方言と標準語を使えることが羨ましい」といったことを地方出身者に向かって言ってしまうということがあります。地方出身者からすれば、標準語を話さなければならない構造を強いられた事実があるのに。『マンゴー通り』に照らしても、二つ以上の言語を話さざるをえない人々の歴史は、そう単純ではありません。文学にとって向き合う甲斐のある素材だと感じます。

Sandra Cisneros, *The House on Mango Street.* 1984. New York: Vintage, 2009.
サンドラ・シスネロス／くぼたのぞみ訳『マンゴー通り、ときどきさよなら』（二〇一八年、白水社）

（二〇一八年四月一日に下北沢「本屋B&B」で行われたトークイベントから構成）

第2章　私らしく生きるということ

側にい続けること

ミュリエル・スパーク
『仕上げ学校』
*
Muriel Spark
The Finishing School

おばあさんが書いた本が好きだ。自分が男だからだろうか、女性の目にはこう見える、という記述にはいつもドキリとしてしまう。しかも性的な欲望に曇らされることがなければないほど視線は鋭さを増す。たとえばマーガレット・アトウッドだ。代表作『侍女の物語』（ハヤカワepi文庫）でキリスト教原理主義者の起こしたクーデターにより、主人公は子どもを産む機械という屈辱的な立場に貶められる。しかし司令官の家に閉じこめられた彼女は、彼の狡さや弱さをこれでもかと暴き立て、ついには司令官を思い通りに操るようになる。他には、アリス・マンローの描く女性たちも魅力的だ。こうした書き手たちの作品を読んでいると、僕は限りなく幸福になる。

最近、このリストに新しい作家が加わった。スコットランド出身の作家ミュリエル・スパークだ。一九一八年生まれの彼女は、なんと二十一世紀まで書き続け、二〇〇六年にフィレンツェで亡くなった。彼女が一九八一年に書いた『あなたの自伝、お書きします』（河出書房新社）を読んで、僕はあまりの面白さに驚嘆してしまった。出会いのきっかけは訳者の木村政則さんと作家の藤野可織さんが荻窪の書店で行った対談のイベントだ。とにかく木村さんのスパークに対する熱量はすさまじい。一時間半もノンストップで、作品の読みどころからスパーク本人の人物紹介まで、余すところなく語り続けたのだ。僕にとってこのイベントは鮮烈な体験だった。

『あなたの自伝、お書きします』を読むと、スパークの人間観察の深さに唸らされる。小説家志望である主人公の女性は、悩んでばかりで身動きができない恋人についてこう考える。若さと健康があるのに人生が行き詰まっているのは、自分のことしか考えていないからだ。確かに、他人に与えることのない人生は拡がっていかないよな。彼女の小説論もいい。実際の体験をそのまま書くと嘘臭くなるが、作り物として示せば真実らしさを出せる。これはスパークの作家としての実体験に基づいた見識だろう。こうした警句が一つ一つ心に刺さるたび、僕は嬉しくてニヤニヤしてしまう。

さて、スパークが死の二年前に書いた最後の作品が *The Finishing School*（『仕上げ学校』）だ。晩年の作品だから力が落ちているかと思いきや、そうしたことは全くない。次にどうなるのかを知りた過ぎて、一八〇ページを一気に読み切ってしまった。この本はちゃんとコメディとして成立しているし、なにより登場人物の一人一人がまさに生きている。しかもその年齢幅も十代から六十代まで様々なのだ。仕上げ学校とは何か。いったん学校を終えた十代の子どもたちを、就職、結婚、大学進学などの前に親が放り込んでおくところ、だ。

作品の舞台であるカレッジ・サンライズもその一つで、学生は金持ちの子どもばかり、全寮制で、小説の創作やその他の教養教育、テーブルマナーまでのあらゆる学科を、バカ高い授業料で教えるのが売りである。運営しているのは二十九歳のローランドと二十六歳のニナの夫婦だ。オックスフォードを出たローランドは創作を教えながら、初めての小説を完成させようとしているが、どうしても書けない。一方のニナは内心、彼に幻滅している。そこに小説家志望の学生クリス、隣に住む画廊経営者イスラエル・ブラウンが絡む。毎年のように移動していたこの学校も、ようやくスイスのローザンヌ湖畔の港町ウシーに落ち着いたところだ。

物語の原動力は嫉妬という感情である。これは二つのレベルで作用している。クリスに対するローランドの燃えるような嫉妬と、クリスが書いている歴史小説の中に描かれる嫉妬だ。スコットランド宮廷において、ダーンリーは女王である妻の愛人リッツィオを嫉妬のあまり殺してしまうというのがその内容である。これらの嫉妬が時空を越えて共振し、作品に幅と深みを与えている。十七歳でハンサムなクリスはまだ作品を完成させていない。だがその一部を読んだロンドンの編集者たちは好意的で、何人かはスイスまでわざわざ飛行機でやってくる。さらに映画関係者が興味を示し、映画化権の交渉まで始まってしまう。そんななか、編集者の一人ははっきりとクリスに言う。「十七歳のうちに書き上げることです。十七歳なら天才でも、同じものを十八歳で出したらただの平凡な作家ですよ。」ここには見た目や年齢など、作品とは本質的に無関係なものを金に換えるという出版ビジネスへの批判がある。

一方、チヤホヤされているクリスの様子を見たローランドは落ち着かない。あいつにあるのは若さと見た目だけだと罵り、作品を見つけ出し破棄してやろうと学校を探し回る。ついには、自分はこのままではクリスを殺してしまうのではないかとまで恐れ始める。そこにあるのは、年齢や才能など、自分ではどうにもならないもので人が選別されることの残酷さであり、他人への妬みという汚い感情を押さえられない人間の弱さである。と同時に、クリスの魅力は誰よりも自分がわかっている、というローランドの気持ちもあるのだ。愛情、教師としての責任感、羨望などの感情がグチャグチャになり、ローランドは正気を失っていく。そしてもちろん、自作の完成は遠のくばかりだ。

クリスのことばかり考えているローランドにニナは心底うんざりし、彼の言葉を聞きながら思う。

I am too young at twenty-six to be a wife-psychiatrist, she thought. Let him think of, let him analyze me. I should have married a scholar.

二十六歳で妻兼精神科医になるなんて若すぎる、と彼女は思った。むしろ彼のほうが私のことを考えたり、分析したりすべきでしょ。学者と結婚すれば良かったな。

その後ローランドと別れ、がんばって美術史家になるという彼女の運命から思えば、この時点では彼女は自分の生き方を夫に肩代わりしてほしがっていたとわかる。だからこそ、ローランドが学者にはならない、と確信した時点で彼女は彼への愛情を失くすのだ。そして画廊経営者のイスラエルに惹かれ、性的な関係まで持つようになる。言い換えれば彼女は、結婚後にようやく本当の愛を見つけたのである。

それでは、妻とイスラエルの関係を知ったローランドはどう思うのか。興味深いことに、何も思わない。彼はそもそも、自分の妻でさえ、誰が誰と寝ているかなど興味がないのだ。こうした、性的関係よりも心の繋がりを徹底的に重視するスパークの姿勢に、僕は斬新なものを感じる。彼女自身、夫と別れたあと、性的な関係のないパートナーの女性と長年フィレンツェで暮らしていた。スパークにとって、レズビアンもストレートも関係ない。ただ一緒にいたい、一緒にいて楽しい人と共に人生を過ごすこと。彼女のこうした感覚は、現代の常識を軽々と飛び越えているように思える。

しかしこれは、好きな人と一緒にいる、といった単純な話ではない。『あなたの自伝、お書きします』において主人公のフラーが、自分の原稿を盗んだりする女友達のドディを決して切り捨てないように、クリスとローランドの関係も様々な感情が混ざっている。互いに理想の相手だとはとても言えない。けれども作品の後半で、大人になったクリスとローランドが同性婚に踏み切ることからもわかるように、スパークにとって愛情とは、憎みきれない相手の側にい続ける、といったものなのではないだろうか。これほどロマンチッククラブから遠い境地もないし、だからこそ僕はスパークが好きでたまらない。

Muriel Spark, *The Finishing School*. New York: Doubleday, 2004.

人種と恋愛

チママンダ・ンゴズィ・アディーチェ
Chimamanda Ngozi Adichie
『アメリカーナ』
Americanah

＊

くぼたのぞみさんとの初対面はいつだったのか覚えていない。たぶん二〇一〇年にナイジェリアの作家アディーチェが来日したあたりだと思う。その日、僕は河出書房のビルに行き、アディーチェにインタビューすることになっていた。でも僕は英語でのインタビューには慣れていなくて、あなたはナイジェリアの優れた若手作家ではありますが、唯一の存在というわけではありませんね、なんて余計なことを冒頭で言って怒らせてしまった。

そのとき、アディーチェの夫や編集者とともに同席していたのが翻訳者のくぼたさんだ。僕とは違って、くぼたさんはアディーチェに全面的に信頼されていた。『アメリカにいる、きみ』『半分のぼった黄色い太陽』（ともに河出書房新社）など、アディーチェの心のこもった優れた翻訳を出しているのだから当然だ、とあなたは思うかもしれない。だがそれだけではない。ナイジェリアと日本で生まれ、文化も世代も違うけれど現代社会を生きる女性として、共通の痛みを分かち合う仲間、という感覚が二人の間には流れていたと思う。

さて、その後なぜか僕はくぼたさんに気に入ってもらえて、吉祥寺のアフリカ料理店や新宿のナイジェリア料理店に一緒に行くことになった。そこでの体験は僕にとってはすごく新鮮だった。キャッサバで作った大きなモチみたいなものを手で丸めながら食べたり、ナイジェリアで醸造したギネスビールを飲んだりしながら、日本における第三世界文学紹介史をくぼたさんに教えてもらう。彼女の話は僕にはいちいち驚きだった。たとえば藤本和子さんのことだ。ブローティガンの優れた翻訳者としてしか知らなかった藤本さんが元女優だったり、アフリカ系アメリカ人の女性たちについて本を出していたりするなんて全然知らなかった。

J・M・クッツェーを積極的に読むようになったのもくぼたさんのおかげだ。彼女に他では聞けない様々な細部を学んだ。考えてみれば、くぼたさんとの会食は、僕の狭い文学観を徐々に開いていく個人授業になっていたんだと思う。その過程で、アメリカ合衆国について考えるなら、同じくかつてイギリスの植民地だったアジアやアフリカ地域についても知らなければならないことに気づいた。ジュノ・ディアスの『オスカー・ワオの短く凄まじい人生』(新潮社)なんて、アメリカとカリブ海を横断する小説を僕が楽しめるようになったのも、くぼたさんの存在が大きかったに違いない。

だから、アディーチェの新作『アメリカーナ』の翻訳が出るのも心待ちにしていた。これは本当に訳文がいい。そして原作も素晴らしい。話の流れに乗ってどんどん読めて、あまりに面白くて二段組五〇〇ページを何の苦もなく読み通してしまった。話は単純だ。主人公のイフエメルはナイジェリアのティーンエイジャーである。批判的なこともどんどん発言する彼女に周囲は畏縮するが、オビンゼだけは面白がってくれる。彼の母親は大学教授で、オビンゼはしっかりと自分で考え言葉にする女性を愛するよう育てられたのだ。まさに理想のカップルといいたいところだが、二人には危機がやってくる。どうせ出ないだろうと思って応募したアメリカのビザが出て、イフエメルは一足先にアメリカに行くことになったのだ。オビンゼも後を追うと約束するが、彼のビザ申請はあえなく却下されてしまう。

もちろんイフエメルはアメリカでも彼と連絡を取り続けるものの、彼女は職が見つからず、追い詰められて男に自分の体を自由に触らせるバイトをする。自分は汚れてしまったと思った彼女は心に傷を負い、オビンゼとの連絡もできなくなる。こうして二人は互いを想ったまま、違う大陸で十年以上の時を別々に過ごすことになるのだ。イフエメルはアメリカで人種問題を扱ったブログを書いて有名人になり、その間に複数の男性と付き合う。

一方、オビンゼはイギリスで不法滞在し、偽装結婚に失敗してナイジェリアに送還されるも、有力者とのコネを得て瞬く間に大金持ちになり、美女と結婚する。それでも、二人はどうしても昔の恋を忘れられない。とうとうイフェメルがナイジェリアに戻ってきたとき、物語は思わぬ展開を迎える。

作品中でイフェメルが付き合う男性は主に三人だ。アメリカで知り合ったカートとブレイン、そして昔の恋人オビンゼである。彼らとの関わりを見ていくことで、アメリカやナイジェリアの社会の成り立ちがよくわかる。恋愛なんて私的な空間で、社会とは関係ないんじゃないか。フェミニストでもあるアディーチェなら、そうではない、と言うだろう。人は公の場ではどんな立派なこともいえる。しかしごく親密な関係では本性を隠し続けることができない。そしてその本性は育ってきた社会に深く刺し貫かれているのだ。

カートは裕福な白人男性でいつもキラキラ輝いている。様々な人種の女性と付き合ったことのある彼は考え方もリベラルで、いつも楽しいことを探している。始めは彼の魅力に引き込まれたイフェメルも、次第に違和感を抱き始める。イフェメルの置かれた人種差別される側という立場にカートは共感しているようで、いまひとつそうでもないのだ。そして彼女が他の白人男性と一度だけ間違いを犯すと、カートはすぐさま彼女を切り捨てる。彼が表面的にリベラルを装えたのは金に守られていたからで、結局イフェメルは彼にとって対等な存在ではありえなかった。

次に付き合った黒人のブレインはイエール大学の准教授で、人種差別に反対するという明確な意志を持っている。彼の道徳的な正しさや高潔さにイフェメルは強く惹きつけられるが、感情の揺れや人の弱さを一切許容しない彼やその友人たちの姿勢に、やがて彼女はついていけなくなる。

They looked at the world with an impractical, luminous earnestness that moved her, but never convinced her.

現実とはずれているものの眩しいほどの真剣さで彼らは世界を見ていて、そのことに彼女は感動したが、決して納得まではしなかった。

そして図書館の黒人職員が警察に誤認逮捕されたとき、それに反対するデモに参加しなかったイフエメルに怒った彼は何日も口を利いてくれない。その結果、彼女は彼を生理的に受け入れられなくなる。

ナイジェリアで大金持ちになり他の女性と結婚したオビンゼは、妻と対等なパートナーとして話し合えないことにいらだつ。ここでは、どれだけ金があるか、どれだけ社会的な体面を保てるかだけが重要なのだ。西洋化された母親に育てられたせいで、彼は母国の文化に馴染めない。そして想うのは、考えをはっきりと語っていた昔の彼女、イフエメルのことだけだ。

『アメリカーナ』に登場する三人の男性たちは、置かれた環境のなかで精一杯良い人間であろうと努力する。しかし結局は、誰ともきちんと心を通い合わせることのできない人生に追い込まれてしまう。だからこそ感情のままに動くイフェメルとの関係が彼らには束の間の救いとなるのだろう。もっとも、その愛は常に長続きしないのだが。

Chimamanda Ngozi Adichie, *Americanah*. New York: Knopf, 2013.
チママンダ・ンゴズィ・アディーチェ／くぼたのぞみ訳『アメリカーナ』(二〇一九年、河出文庫)

詩と散文のあいだ

エイミー・ヘンペル
『短編集』
*
Amy Hempel
The Collected Stories

大学で毎年、アメリカの短編小説を教えている。大抵はジュノ・ディアスやティム・オブライエンなど、得意な作家の作品を扱うが、実はこっそり、苦手な作家のものもシラバスに入れてある。エイミー・ヘンペルもそうだった。十年ほど前に全作品集が出て、『ファイト・クラブ』のチャック・パラニュークやリック・ムーディなどが激賞していたので購入した。けれども読んでみてびっくりである。簡単な単語ばかりなのに、しかも二ページほどの超短編も多いのに、なんというか全然わからない。そんな作家の短編を授業で読むのだから、こっちもドキドキである。

取り上げた短編の題名は「オヘア空港での乗換便を逃した方々へ」だ。どうして逃したのか。主人公の女性は一度は飛行機に乗り込むのだが、離陸前になぜか勝手に下りてしまう。そこで慌てたのが空港のスタッフだ。テロリストではないか、ということで荷物を検査するなど、大騒動になる。けれども主人公は、「昔カナリア諸島で夫が飛行機事故に遇ったから」なんて嘘をつく。しかも今回が初めてじゃないのに、スタッフは大騒ぎしすぎよ、と言って怒る。そして飛行機を下りた理由を語りだす。飛行機で五時間飛んでも目的地まで行けるだけだ。でも、電車に七十時間以上乗って同じ距離を移動してごらんなさい。雄大な風景を見て、何を感じるか考えてみてよ、と続ける。

というように、正直言ってわけがわからない。でも若者の力は恐ろしい。先生が持ってきた以上、素晴らしい作品なんだと思っているから、学生は一生懸命読解しようとする。ディスカッションをすると、「どうしてそもそも乗り込んだのか。迷惑じゃないか」とか、「自分なりの理由を自信満々に言うのが傲慢すぎる」とか、本音の発言がどんどん飛び出す。そのたびに、自分の考えていることをはっきり述べることに抵抗感を感じるのは読者が日本文化に浸かりすぎているからじゃないか、なんて反論も思いつく。そうしながら、学生たちと電車に乗り込み、海岸から大平原、そしてロッキー山脈まで、ワイワイしゃべりながら移動しているような気分になってきた。

このたった三ページしかない作品を書いたヘンペルとはどういう人物なのか。一九五一年シカゴ生まれでサンフランシスコやニューヨークに移動しながら育った彼女の生い立ちは不幸だ。母親が自殺し、交通事故に二度遭い、親友が白血病で亡くなる。こうした体験が短編小説として結実するようになったのは、コロンビア大学でゴードン・リッシュのワークショップに参加したのがきっかけである。レイモンド・カーヴァーなどを育てた伝説の編集者であり、自身も作家であるリッシュに認められたヘンペルは、必要でないものを削ぎ落とすミニマリストの作家として頭角を現していく。二〇〇八年にはリア短編賞、そして二〇〇九年にはペン・マラマッド短編賞も獲得した。代表作は、死んだ友人を扱った短編「アル・ジョンソンが埋められた墓地にて」だ。寡作な彼女は四冊の短編集と、共著の長編小説一冊しか出していない。しかしどの短編も極端に凝縮されていて、まるで小説をまるまる一冊分読み終えたような読後感がある。

雑誌『パリス・レヴュー』のインタビューでも語っているとおり、ヘンペル自身、移動することが大好きなようだ。車に乗り込み、アメリカ中を何十万キロも走り回ったと彼女は言う。短編「イエスは待っている」の主人公である女性もそうだ。これといった目的もないまま、彼女は延々と車で走り続ける。とうとうボルチモアのモービル石油のガソリンスタンドで店員に訊く。「ここ以外の場所ってどこにあるの?」でももちろん彼には答えられない。雪でも降ってこない限り、彼女は裸足で運転し続ける。なぜなら靴は脱げてしまうからだし、そうしたものを彼女は信じられないのだ。

走り続けていると、心の中で様々な人が蘇ってくる。そしてある男のことを思い出す。彼は病気で死につつあったが、そのことを隠していた。主人公と一緒にインテリアショップに行ったとき、彼は良いランプを彼女に買わせようとする。自分がいなくなったあとも、正しいランプ、気持ちのいい枕、柔らかいシーツに触れながら暮らしていてほしい。もう亡くなった人の優しい気持ちが、運転している彼女の中に入り込んでくる。そのとき彼女は、この世とあの世の中間地帯にいる。

Call it a meditation, Call it drone. How else to approach Jesus than without history, without reason, without restraint? And buoyed by staying in motion away from everything, the mind become traveling until you stop, won't Jesus be waiting there?

それを瞑想と呼ぼう、通奏低音と呼ぼう。歴史や理性や制約をなくす以外、どうやってイエスに近づけるだろう? そしてすべてから離れ、動きの中で漂いながら心は旅を続け、やがて停まったとき、そこにイエスが待っているんじゃないだろうか。

巨大なアメリカの自然に抱かれ、州間高速道路で時速一〇〇キロ以上のスピードを出し、エンジン音に包まれて延々と走り続けながら、主人公は体の感覚まで失い、剥き出しの精神になる。それはおそらく祈りに似た体験であり、死者との対話の時間でもあるだろう。変異した心の状態の中で、彼女はふいに、次の瞬間イエスがやってくるんじゃないか、という感覚をおぼえる。だが、彼女は停まることができない。なぜなら彼女が停まるのは、自分の人生を終えるときだけだからだ。決定的な瞬間は先のばしされ、奇跡を待ち望む彼女の渇きだけが読者にも強く迫ってくる。

日常の気づきを扱った作品も楽しい。短編「海辺の町」で主人公の女性は、隣に引っ越してきたカップルを観察し続ける。彼らがかけている音楽を夜に聴きながら、ライムの切れ端を押し込まれたコロナビールの瓶を庭で見つけ、生け垣越しに投げ返す。隣家の果樹園の手入れをカップルがしていないと気づけば、留守中に忍び込み、勝手に水やりをする。カップルの二人が月を見て、満ちてきているのか欠けてきているのかで賭けをする。そのあと満月になるのだが、勝った方が何をもらうのかをきちんと決めておかなかったから、誰も何も得られなかった、なんて主人公は考えている。果たして彼女はどういう境遇なのか。どうしてそうなったのか。作品には全く書かれていないだけに、読者の想像力はどこまでも広がる。

現代社会を女性が生きることの困難を扱った作品も多い。「招かれざる者」では、主人公の女性は家までやって来たクラスメイトの男性にレイプされる。ナイフを突きつけられて犯され、ひょっとして僕らはこのあと恋人同士になるかもな、なんてロマンチックなことを言われるのだ。気持ち悪い。予定日から一日過ぎても二日過ぎても生理は来ない。市販の妊娠検査薬は彼女の妊娠を告げる。私は生き残るために彼を受けいれただけなのに。そして知り合いの女性に、動物の妊娠を判定する儀式をしてもらう。主人公が四つん這いになると、相手は紐にコインを付けたものを尻の上にかざす。南北に揺れれば妊娠していないことになるのだ。果たして結果は、というところで作品が終わってしまう。そこには女性を性の対象としてしか見ない世界への強い抗議がある。

Amy Hempel, *The Collected Stories*. New York: Scribner, 2006.

自分らしく生きたい

シルヴィア・プラス
『ベル・ジャー』
＊
Sylvia Plath
The Bell Jar

アメリカを代表する青春小説と言えばなんだろう。J・D・サリンジャーの『キャッチャー・イン・ザ・ライ』（一九五一年）だろうか。確かに高校を中退してニューヨークの街をほっつき歩くホールデンの姿は、アメリカ文学好きならば誰でも思い浮かぶ。だがアメリカにはもう一冊、永遠の青春小説とでも呼べる作品がある。それが今回紹介するシルヴィア・プラスの『ベル・ジャー』（一九六三年）だ。

二冊には共通する点も多い。背景となっている時代が一九四〇年代から五〇年代初頭であること、主人公が白人のティーンエイジャーであること、そして二人とも精神病院に入院してしまうことだ。けれども違いも大きい。『キャッチャー』のホールデンは男子高校生で、すでに複数の学校を中退している劣等生だ。でも、『ベル・ジャー』のエスターは優等生で、高校時代から様々な奨学金を得て、大学に入ったばかりである。ならば問題ないじゃないか。でも人生はそう上手くはいかない。将来就きたい仕事、恋愛、人間関係などに関して不器用なエスターはことごとくつまずき、精神のバランスを崩すところまで追い込まれてしまう。

もちろん彼女には夢がある。詩人になりたい。出版社で働きたい。でもそうなれる可能性は限りなく低い。時代を考えてみよう。五〇年代アメリカで理想とされたのは、外で働いているお父さんと主婦をしているお母さん、そして子どもが二人、という典型的な核家族だった。それはそれで幸せかもしれない。しかし女性が主婦以外の夢を抱いた途端、とてつもない困難に見舞われる。当時活躍していた作家も編集者も男ばかりだ。家庭の方針を決めるのは夫で、妻は従うしかない。しかも子どもが生まれれば、キャリアを追うどころではなくなる。そもそも働いている女性が少ないから、保育所などの社会的な支援もあまりない。男性と同じ教育を受けて、男性に負けない能力を身につけながら、それを発揮する場所がない。

もちろん現在のアメリカでは大分ましになっている。けれども、仕事と家庭、産むか産まないか、家事は誰が負担するのか、などが問題なのは今も同じだ。だからこそ『ベル・ジャー』は三〇〇万部を超えて今なお売れ続けているのだろう。ましてや、女性たちの置かれた状況がより困難な現代の日本で、二〇〇四年に出た日本語版が絶版であり続けているのはいただけない。

それでは作品を読んでいこう。冒頭はキラキラしたニューヨークのシーンだ。優等生のエスターは普段の努力が認められて、出版業界での研修に招待される。けれども彼女の心は晴れない。もともとは田舎の真面目な女の子だった彼女は、他の研修生の派手なファッションや男の子たちとの大胆な絡みに怯え、彼女たちと自分を比べて落ち込んでしまう。しかも、自分の能力まで疑い始めてしまうのだ。確かに、大人が求めているものに応えるのはずっと得意だった。だからこそ賞も奨学金もたくさん取れたんじゃないか。でもそれはそれだけのこと。自分が書き手や編集者になるとしたら、もっと別の創造的な能力を要求される。既にあるものを努力で身につけるのが上手いだけの自分に、そんなことができるかわからない。

確かに学校では成績を重視してくれた。だから自分にも居場所があったのだ。でも実社会は厳しい。女性たちはお洒落さ、センス、かわいらしさ、ちゃんと気を遣えるかどうかで評価される。そのどれも、学校では習わなかったことばかりだ。しかも貧しい母子家庭で育った彼女は、テーブルマナーなどの文化を知らない。周りの金持ちの娘たちは、そんなもの生まれたときから自然と身につけているのに。もちろんとびきりの美しさがあれば話は別だ。けれども自分は背が高すぎるし、なにしろ脚が醜い。こうしてエスターは、努力したがゆえに、努力ではどうにもならないものとぶち当たり、どうすることもできないまま他人と自分を比べて、自己嫌悪の沼に沈んでしまう。

それでも、愛されているという自信があれば状況は違っただろう。確かに彼女にはバディ・ウィラードという恋人がいる。けれども医学生の彼には、ある秘密があった。なんとエスターと平行して、年上のウェイトレスと何度も寝ていたのだ。自分に手を出してこないのは尊重してくれているからだ、と思い込んでいたエスターはそのことを知り深く傷つく。そして、バディにそんなの大したことじゃない、愛とセックスは別だ、と言われても納得できない。どうして聖人ぶりながら実は自分を裏切っていた人を、再び信頼できるだろう。何より、処女の自分をバディはずっと見下してきたんだ、と思うと腹が立って仕方がない。だからこそ、バディが結核になり、学業を中断して療養所に入ることになったときも、罰が当たったとしか思えない。

最悪なのは、バディがエスターの文学熱を、結婚して子どもを産むまでの一時的なもの、としか考えていないことだ。そんなもの、母親になったらじきに忘れちまうよ。だったら結婚って何なの、とエスターは憤る。女性の精神的な力を奪って、奴隷にしてしまうもの?　ならばなんで結婚するの?　彼女の思いにはフェミニズムの萌芽がある。ならば結婚しなければいいのか。しかし女性たちにとって状況が悪いのは家庭の外も同じだ。当時女性たちに多い職業は、タイピストかウェイトレスだった。エスターの母親も、タイプの技術を身につけることを娘に熱心に勧める。でもね、私は男が考えたことをタイプするだけの人生では終わりたくないの。自分が考えたことを自分で打ちたい。そして世界に発表したい。でもどうしていいかわからない。

そんなことを考えているうちに、彼女の頭は混乱してくる。自力では世界は変えられない。詩人にもなれないし、恋愛も結婚も信じられない。すべてがどうでもよくなってくる。本が読めなくなる。眠れなくなる。服も髪も洗えなくなる。どうせ汚れるのに、どうして洗わなきゃならないの。ものを食べられなくなる。みんないつかどうせ死ぬのに、どうして食べなきゃいけないの。典型的な鬱の症状だ。いっそすべてを終りにしようと思って、彼女は海に行き身を沈める。しかしなんということだろう。心とは裏腹に、彼女の体は生きようとして何度でも浮かび上がるのだ。

結局、精神病院に入院したエスターは、電気ショックなど当時の荒っぽい治療の成果もあって鬱の地獄から生還する。彼女は思う。

Wherever I sat—on the deck of a ship or at a street café in Paris or Bangkok—I would be sitting under the same glass bell jar, stewing in my own sour air.

船の甲板だろうが、パリやバンコクの通りのカフェだろうが、どこに座っていても、私の周りには同じガラスの覆い［ベル・ジャー］があって、その中は私の放つ不快な空気で沸き立っている。

逃げ場なんてどこにもない。結局、ありのままの自分を許し、愛し始めるしか前に進む方法はないのだ。作中ではその後、ガラスの覆いは頭上にまで引き揚げられ、新鮮な空気と触れられるようになった、とエスターが思えるまで回復する。だが実際は違ったようだ。この自伝的な作品を出版した年に、著者のプラスは自殺してしまう。それでも、本書に封じ込められた、自分らしく生きたい、という彼女の強い思いは、今も読者の心を揺り動かし続ける。

Sylvia Plath, *The Bell Jar*. 1963. London: Faber & Faber, 2013.
シルヴィア・プラス／青柳祐美子訳『ベル・ジャー』（二〇〇四年、河出書房新社）

ありのままの自分でいたい

デイヴィッド・レーヴィット
「テリトリー」
David Leavitt
"Territory"

＊

先日、アーティストのミヤギフトシさんとイベントを開催した。彼が雑誌『文藝』（河出書房新社）に書いた三部作について話すためだ。それらはすべて、彼のアイデンティティを巡って書かれている。アメリカの軍属と沖縄の女性の血を引くクラスメイトの男子学生を愛してしまう「アメリカの風景」、沖縄の離島で過ごした小学生時代、男性教師の手に浮き上がる血管にどうしても惹きつけられる「暗闇を見る」、そして自分がゲイであることを示すために、見知らぬ男性との親密な光景を写した作品を作り続ける「ストレンジャー」。どの作品も、秘めた想いが通じないもどかしさと、自分のセクシュアリティを上手く相手に伝えられない苦しみに満ちている。

彼の作品を読んで、僕は心が揺さぶられた。僕が好きなのは「アメリカの風景」で、那覇のタワーレコードでクラスメイトのジョシュと再会してから定期的に会うようになりながらも、愛しているとは言い出せず、彼女がいる、と言われてなんとなく会いづらくなってしまう場面だ。肩に載せられたジョシュの手の温もりを記憶しようとして意識を集中する。けれども風が吹いて、その感覚は消えてしまう。微妙で繊細な表現が素晴らしい。

結局、三部作に共通した主人公は、自分がゲイであることを受け入れてくれる場所を求めて離島を出て、沖縄本島に移り、それでもだめで大阪に行き、最後はニューヨークに辿り着く。だがゲイに寛容な場所であるはずのニューヨークは、ビザのない人間には冷たい。結局アーティストのビザを得ることができなかった主人公は泣く泣く日本に戻る。そのとき彼のなかで、きっとどこかに安住の地があるはずだ、という思いが消え去る。

僕はミヤギさんの作品を読んで、デイヴィッド・レーヴィットのデビュー短篇「テリトリー」を思い出した。主人公のニールは落ち着かない。母親と犬三匹だけが住むカリフォルニアの実家に、初めてニューヨークから恋人のウェインがやってくるのだ。ニールが付き合っている男性が実家に足を踏み入れるのはこれが初めてだった。

どうしてニールはそんなに緊張しているのか。それは、母親がゲイを嫌悪しているからだ。そしていまだに、息子がゲイであるということを認めたくないからだ。左翼を自称している彼女は、もちろん表向きにはゲイ差別には反対だ。

だがニールは知っている。ゲイ・パレードに参加した自分を見て、彼女の顔が歪んだことを。

だからウェインがやってきて、母親の前でニールの手を握り、彼が親の前で続けてきたストレートとしての演技を打ち破ると、動揺するとともに解放感を覚える。そして夜、二人で庭の草むらに隠れて愛し合うのだ。

題名となっているテリトリーという言葉は表向き、犬の話になっている。ウェインに慣れない犬は、彼の膝の上でおしっこをしてしまう。だがそれだけではない。母親にとってのテリトリーとはこの家であり、そこにウェインが侵入してくる。そして実の息子が彼女の前でゲイとして振る舞うことで、テリトリーを侵害するのだ。しかし息子にとっては、その行為こそが自分のテリトリーを主張する行為となる。もはや親の価値観に合わせてはいられない。これからは自分の生き方を貫く、という宣言になっているのだ。

レーヴィットは一九六一年にピッツバーグで生まれ、スタンフォード大学で教えることになった父親について四歳のころカリフォルニア州に移住する。イエール大学在学中の一九八一年に「テリトリー」を雑誌『ニューヨーカー』で発表した。その後も作家としては順調で、現在まで執筆を続けている。それまでにもゲイを扱った作品はあっただろう。だがレーヴィットが新しかったのは、『ニューヨーカー』という主流雑誌に自分の実力を認めさせ、広く一般的な人気を獲得したことである。アメリカではもはやゲイ小説はマイナーなジャンルではないことを彼は示したのだ。

「テリトリー」で印象的なのは、親の不寛容である。リベラルな風土と言われる北カリフォルニアに住み、インテリで左翼の母親は、当然ながら息子がゲイであることを受け入れるような発言をする。あなたが幸せならどんなふうに生きてもかまわない、というわけだ。それだけではない。ゲイの生き方を学び、同性愛の子どもを持つ親たちと繋がり、ゲイ・パレードにも顔を出す。しかし、いくら観念では受け入れても、彼女の感覚はありのままの息子を受け入れられない。

自分はゲイだ、という言葉まではいい。だが母親の前ではストレートとして振る舞うことを息子に強いてしまう。家庭内では男同士の愛を示すことは禁じられている。だから、ウェインがニールの手を握ると母親は目をそらす。わざと今までと同じペースで喋り続け、何事もなかったふりをする。彼女はどうしてもゲイに対する嫌悪感を克服できないのだ。

母親の言葉と感覚のずれを、ニールはずっと感じてきた。その偽善的な言葉に息苦しさを感じた彼は、カリフォルニアに住み続けることができず、独りでニューヨークに移住したのだ。そしてウェインという、生涯を共に過ごしたいと思えるパートナーをようやく見つけた。次は、ありのままの自分を示して、母親に現実と向き合ってもらいたい。そうでないと、自分はこれ以上生きられない。

だから、母親にウェインとの愛情を見せつける。そうしてニールは彼女を追い込んでいく。もう母親が偽善的な言葉に逃げ込めないように。追いつめられた彼女は言う。

"And I'm very tolerant, very understanding. But I can only take so much."

「それにわたしはすごく寛容で、理解があるでしょう。それでも限界があるの。」

以前ニールがカリフォルニアに住んでいたとき、当時付き合っていたルイスとゲイ・パレードに出たことがあった。その姿を見た母親の顔は苦痛と後悔に満ちていた。そのときニールは思った。僕以外の誰が息子でも、母親にとってはましだったんじゃないかな。その思いは彼を蝕み続ける。そして、もし自分がゲイになるとわかっていたら、そもそも母は自分を産んだだろうか、と考えるに至る。

だからこそ、今回だけは逃げたくない。そして母親に正面から向い合うのだ。

"Mother," he says, "I think you know my life isn't your fault. But for God's sake, don't say that your life is my fault."

「母さん」、彼は言う。「僕がこういう人生を歩むことになったのは母さんのせいじゃない、ってことはわかってもらえてると思う。でもね、母さんがこういう人生を歩むことになったのは僕のせい、なんて絶対に言ってほしくない。」

このとき、ニールは母親に自分の全人生を突きつけている。こうした生き方は決して失敗ではないと叫んでいる。もちろん母親にとってゲイ嫌悪という感情を克服することは今後も難しい。だが、偽善的な言葉で自分を偽ることで息子を傷つけることもしなくなるだろう。たとえ家族であれ、自分が好きになることも理解することもできない他者と共存する、という困難な試みに、彼女はようやく取り組むことができるはずだ。

「テリトリー」が発表されてから四十年近く経ち、アメリカではゲイ文学が主流作品の一角を形作るまでになった。だが日本ではまだこれからだ。ミヤギフトシさんのような書き手が多く出てきて、日本文学の世界を変革してくれることを強く願う。

David Leavitt, "Territory." *The Stories of David Leavitt*. London: Bloomsbury, 2005.

次の世界の作り方

ジャッキー・ケイ
『トランペット』
Jackie Kay
Trumpet

＊

ＬＧＢＴという言葉がある。先日、ジャッキー・ケイ『トランペット』の翻訳が出たのを記念して、下北沢の書店Ｂ＆Ｂで「ほんとうの伝えかた　ＬＧＢＴと世界文学をめぐって」というイベントを急遽やることになった。さあ大変だ。翻訳者の中村和恵さんに加えて僕も出演すると決まったのはいいが、ＬＧＢＴが何の略語かもはっきりとわからない。調べてみたら、Lesbian, Gay, Bisexual, Transgender の略語なんですね。その程度の認識しかなかったので、事前にばっちり予習しようと参考書を買い込んだ。

で、牧村朝子『百合のリアル』（星海社新書）や竜超『オトコに恋するオトコたち』（立東舎）を読むうちに、いろんなことが明らかになってきた。レズビアンやゲイと言っても、その中にはさらに細かくいろんな人たちがいて、しかもその多くが別に性別を変えたいとは思っていない。

だからたとえばゲイだからって皆が女装したり、オネエ言葉を使ったり、ましてや性転換の手術をしようなんて考えてはいないのだ。そして普通の女性になりたいという能町みね子のようなトランスジェンダーの人は、ゲイとはまったく違う。

分かったのは、普通に生きている普通の人たちが、たまたま世間の男性像や女性像からズレているからといって、自分を肯定して生きられないというのはおかしいんじゃないの？　という疑問からＬＧＢＴの運動が始まっていることだった。それが強く感じられるのが、中村さんのお勧めで読んだ、よしながふみのマンガ『きのう何食べた？』である。弁護士の史朗と美容師の賢二という四十代のゲイカップルが、親との軋轢や老後の心配、仕事の苦労など、要するにごく普通の悩みを抱えながら料理をして淡々と暮らす。ほんの小さな喜びや悲しみを抱きながら日々を生きる、というのは人間誰しもそうで、でもこの日常性が新しいと思った。ＬＧＢＴって決して非日常的なものじゃないんだね。難しいジェンダー理論と違って、マンガは僕たちの気持ちの奥底まですっと入ってくる。まさに日本マンガ恐るべし、だ。

こうした資料を読んでるうちに、僕自身にも当てはまる話だな、と思った。小学校のころは運動が不得意で、むしろ女の子たちとトランプをしたり一人で本を読んだりするのが好きだった。要するに、そこまで男っぽくはないということで、それは今でも変わらない。そういう僕にとって、ＬＧＢＴ運動の考え方はありがたかった。無理に自分以外のものになろうとしなくていい。

これはどんな人にとっても多かれ少なかれ有り難い考え方ではないか。

それでは、肝心のジャッキー・ケイ『トランペット』とはどういう作品なのか。実話をもとにした、いささか衝撃的な小説である。白人と黒人の混血であるトランペッター、ジョスが亡くなる。スコットランド出身で世界中にその名を知られた彼には、妻も息子もいた。だが彼の死後、葬儀屋が驚くべき事実を見つける。なんと彼には小さな乳房があり、しかもペニスがなかった。すなわち、社会的には男性だった彼だが、肉体的には女性だったのだ。マスコミにもこの事実がバレてしまい、一大スキャンダルとなる。だが最も大きなショックを受けたのは息子のコールマンだった。養子の彼はそれまで有名な父親を崇拝していたのだ。それだけにショックは隠しきれず、裏切られたという怒りから、ジョスの死を利用して一旗揚げようとするジャーナリストのソフィーに協力してしまう。果たして息子は、生涯嘘をつき続けた父親を許すことができるのか。あるいはジョスの死はこのままメディアの手で汚されてしまうのか。

この小説で対立しているのは二つの世界観である。すなわち、女が男のふりをするのは嘘であり、その嘘は暴かなくてはならない、というマスコミのものが一つ。それから、愛する人の身体がたまたま女性だって、そんなことは関係ない。自分の前では魅力的な男性だし、そこに愛の関係があったのならそれで十分で、他人がどうこう言える筋合いはない、というジョスの妻ミリーの世界観だ。

マスコミを代表するのが、コールマンやミリーにつきまとい、金と名声を手に入れようとするソフィーだ。ソフィーにとって、ジョスの身体が女性ならジョスは女性に決まっていて、生物学的な性（セックス）と社会的な性（ジェンダー）が違い得る、なんてことは思いもよらない。

もう一方の世界観が、女性の身体を持っていても人は男性であり得る、と考える人々のものだ。たとえばソフィーが取材中に出会ったメイは、学生時代ジョスに憧れていた。ソフィーと話しながら泣き出したのも、自分が生涯心の底から愛したのはジョス一人だ、という事実に突然気づいたからだ。しかしソフィーは女性が女性を愛するということが理解できない。そしてもちろん、ジョスの妻ミリーも同じ考え方だ。子どもが作れないのなら養子をもらえばいい。医者にバレるのが嫌なら医者に行かなければいい。そこに愛がある限り、それは嘘ではなく、むしろ人生の喜び、真実そのもので、そのことに他の誰も口出しなどできはしない。彼女の考え方には、理解のない社会を変えるより、無視して自分の好きに生きよう、という過激さがある。しかもその激しさが、日常的な愛として表れているのが素晴らしい。

それではジョス自身はどう思っていたのか。音楽の中にいれば、性も人種も関係ない、音を中心として新たな家族が生まれ、その中では血縁を無視した濃密な関係が存在できる。こうした彼の思想がよくわかるのがコールマンへのこの言葉だ。

My father always told me he and I were related the way it mattered. He felt that way too about the guys in his bands, that they were all part of some big family. Some of them were white, some black. He said they didn't belong to anywhere but to each other. He said you make up your own bloodline, Colman. Make it up and trace it back.

親父はいつも言ってた。おれとお前は大事な絆で結ばれてるんだって。親父はバンドのみんなに対してもそう感じてた。全員が大きな家族の一部なんだって。白人も黒人もいた。親父は言った。やつらはどこの土地にも属してない、ただお互いにだけ属してるのさ。親父は言った。自分の血統なんて自分ででっち上げちまえばいいんだよ、コールマン。でっち上げて遡っちまえ。

ここには、人種や血統、社会的に決められた性を超えて愛情でつながる、という思想がある。人種差別や性的少数派への差別のなかで生き延びるために彼が摑み取った大切な考え方だ。確かにそれは空想的なものかもしれない。けれども彼には音楽がある。音楽のなかで、瞬間的にでも夢は現実に変わるのだ。そして文学にも、この世界のあり方は唯一のものではない、と読者に違う人生を見せる力がある。

ジョスは自分の生き方や現実を息子に隠しながら示す。そしてついに息子は葛藤を乗り越え、父親の遺志を引き継ぐことを決意する。そのとき、血のつながりを持たない二人が真に親子となるのだ。ジャッキー・ケイの本書は現代の次の世界の作り方を我々に鮮やかに示してくれている。

Jackie Kay, *Trumpet*. 1998. New York: Vintage, 2000.
ジャッキー・ケイ／中村和恵訳『トランペット』（二〇一六年、岩波書店）

第3章　触れる、身体の奥へ

世界を見るということ

ジョン・バンヴィル
『海に帰る日』
John Banville
The Sea

＊

ベンジャミン・ブラックという作家をご存じだろうか。ミステリー作家で、『黒い瞳のブロンド』（小鷹信光訳、早川書房）という作品が有名だ。これはかのレイモンド・チャンドラーの名作『ロング・グッドバイ』（村上春樹訳、ハヤカワ文庫）の続編で、オリジナル版と遜色なくフィリップ・マーロウがロサンゼルスの街で大活躍している。別人が書いたのに違和感がない、ということ自体が異常なことで、著者の並々ならぬ力量を思わせる。いったいベンジャミン・ブラックとは何者なのか。とは言っても、これは謎でもなんでもなくて、現代アイルランドを代表する作家ジョン・バンヴィルがミステリーを執筆するときのペンネームである。普段は手書きで、丸一日かけても高々二〇〇ワードしか書けない彼だが、ミステリーはパソコンを使ってすごい速さで書くという。いわゆるハードボイルドの紋切り型を散りばめた『黒い瞳のブロンド』の文章は、ミステリー小説ファンのバンヴィルが心の底から楽しんで執筆していることをうかがわせる。

それでは本業の純文学はどうだろうか。密度の高い文章、複雑に凝った構成など、到底ブラックと同一人物が書いたものとは思えない。彼はマルセル・プルーストやウラジミール・ナボコフ、ヘンリー・ジェイムズから強い影響を受けたと言われているが、作品を読めば納得である。一九四五年にアイルランドのウェクスフォードに生まれた彼は、編集者としてダブリンで働くかたわら、一九七〇年から作品を発表し続けてきた。代表作は『コペルニクス博士』（斎藤兆史訳、白水社）、『ケプラーの憂鬱』（高橋和久・小熊令子訳、工作舎）、『ニュートンの手紙』（未訳）の科学革命三部作で、二〇〇五年には英語圏を代表する文学賞であるブッカー賞を『海に帰る日』で受賞した。二〇一一年にはチェコのフランツ・カフカ賞を受賞したが、ちょうどこの前に『プラハ　都市の肖像』（高橋和久訳、DHC）のチェコ語版が出たのが決定的だったらしい。

『海に帰る日』の舞台はアイルランドの海岸にあるリゾート地で、イギリスからのお客もやってくる。子ども時代に訪れて以来、半世紀以上を経て主人公が再びこの場所に来たのには理由があった。ちょうど一年前、妻がガンだと診断され、徐々に病状が悪化していくのに寄り添ってきた。そして妻を亡くした今、思い出の詰まったこの場所で、過去をもう一度振り返ろうというのだ。作品が進むにつれ、二つの物語が詳細に絡まりあう。一つは死んでいく妻の話であり、もう一つは彼の子ども時代、この場所で初めて大人の女性に性的な欲望を覚え、そして彼女の娘と初めてキスをしたという、性の芽生えの話だ。どうしてこの二つが、ときに同じページの中で交錯するのか。おそらく、三人の女性たちとの出会いと死別、という苦痛な記憶に対峙するには、こうして何度も脱線し、ためらい、逃げ去っては戻るような語り方が必要なのだろう。

バンヴィルの作品で特徴的なのは、細部が話の流れに抵抗する部分だ。その最もよく分かる例は物の扱い方である。妻であるアンナがガンの宣告を受けたあと、主人公は家に戻るのが恐くなる。なぜなら、夫婦にとって世界はがらりと変わってしまったのに、今まで慣れ親しんだ周囲の物は、まったく自分たちには無関心に、今までと表情を変えぬまま存在し続けているからだ。物だけではない。我々の身体もまた、どんなに辛い状態であっても、髪の毛や爪を延々と生やし続ける。ふだん我々は自分の意識を中心とした物語の中を生きている。悲しければ世界は悲しみに染まるし、楽しければ世界も喜んでいるように見える。だが、バンヴィルの作品ではそうではない。意識はあくまでも我々の頭の中だけのもので、世界や身体は物質として我々の感情とは違う論理で動き、病気になれば、否応なしに我々を責めたて、無表情のまま殺してしまう。

脱線するのは物だけではない。自分ではない他人もそうだ。初めて会ったとき、アンナの父親であるチャーリーは体の大きな主人公に、まるで恋人のように体をぐいぐいと押しつけてくる。そしてどうして彼がそんなことをするのかは明かされない。あるいは子ども時代、近所に住んでいたある女性は飼っているジャーマン・シェパードと性的な関係を持っていると噂される。これほど激しい細部が登場するのに、だからどうしたという話はそのあと一切出てこない。作品全体の話の流れはよくあるものなのに、細部が際立ち、しかも説明がされないので、読者は常に読むことの困難にさらされる。予測を裏切り続ける彼の作品を読むとき、我々は息を凝らしてゆっくりと進んでいくしかない。

本作で最も思い通りにならないものとして現れるのは女性たちの存在だろう。子ども時代の主人公は避暑にやって来たグレース一家と出会う。そして裕福な一族と親しくなっていくことに強い喜びを覚える。確かに、階級を上昇していく嬉しさもあるだろう。しかしミセス・グレースの魅力は、何より物としての肉体にある。ボール遊びをして跳ね上がるたびに、彼女の大きな胸も揺れる。それを見て主人公は、彼女の肉体が傷んでしまうのではないかと本気で心配する。あるいは、彼女の娘のクロエだ。そこまで清潔ではない彼女の肘や膝の関節からは、チーズのような臭いが発散される。気まぐれ屋で残酷なクロエといると、世界は思い通りにならないものだということを主人公は嫌というほど味わわされる。

In her I had my first experience of the absolute otherness of other people. It is not too much to say—well, it is, but I shall say it anyway—that in Chloe the world was first manifest for me as an objective entity.

彼女を通して私は他人が絶対的に他人であるということを初めて経験した。こう言っても言い過ぎではない――いや、言い過ぎだが、いずれにせよ言ってしまおう――クロエを通して初めて世界は客観的な存在としての姿を私にはっきりと示したのだ。

クロエといることで、主人公は世界が思うようなものではないことに気づく。だから、映画館で初めて彼女とキスをしたとき、きっと自分の唇が変形してしまったに違いないと信じた主人公は、そこに変化などないことを思い知らされる。やがて事故とも故意ともつかない決定的なことが起こり、主人公はグレース一家と永遠に別れることになる。そして彼らによって気づかされた世界の客観性こそが、半世紀後、主人公を救うことになる。どうやってか。死んでいく妻アンナの息に、ほんの少しの異臭が混じっていることに気づくことで。そしてまた、痩せ衰えた彼女の表情に、驚くほどの美を見出すことを通じて。

一冊も研究を完成させることのできなかった美術史家の彼は、死んでいく妻と向かい合い、遠い記憶を辿りながら世界を見ることを学び直すことで、物語の書き手として生まれ変わる。やがて彼は、『海に帰る日』として読者の前に提出される作品を書き上げることになるだろう。その点で本書は、作家の誕生の物語でもある。そして同時に、小説とは世界をひたすら見るものだ、というバンヴィルの作品論にもなっている。

John Banville, *The Sea*. London: Picador, 2005.
ジョン・バンヴィル／村松潔訳『海に帰る日』(二〇〇七年、新潮社)

踊りと文学

J・M・クッツェー

『イエスの学校時代』

*

J. M. Coetzee

The Schooldays of Jesus

大学で教えていると、いろんな学生を指導することになる。いちおう僕は主に一九八〇年代以降の現代アメリカ文学専攻なのだが、僕の関心に自分の研究を合わせてくれる学生なんてめったにいない。というわけで、時にとんでもなく離れた分野の学生の論文に付き合わなくちゃならない。たとえば、アルメニア系カナダ人の映画監督についての博士論文作成に付き合え、なんて言われる。仕方がないから学生から教えてもらう。自分でも本を読む。

最近、特に多いのが南アフリカの作家J・M・クッツェーについての論文だ。『恥辱』（ハヤカワepi文庫）が日本でもヒットしたからだろうか。『夷狄を待ちながら』（集英社文庫）、『マイケル・K』（岩波文庫）など、さまざまな作品についての研究を何本も指導してきた。最初は、ポストコロニアル文学の専攻でもないのにどうして、しかもアフリカだろ、なんて思っていたけど、そうした考えは徐々に覆されていった。なにしろ、アメリカとの共通点が意外と多いのだ。それも当然だ。だってアメリカも南アフリカも、ともにイギリスの元植民地なんだから。イギリスは十二世紀以降アイルランドを支配下におき、ゲール語を抑圧して英語を強制した。そうして植民地支配のノウハウを得たイギリスは、世界各地を着々と支配下に置いていく。やがてアメリカ合衆国となる北米も、それから南アフリカも、ともにもとはイギリスの植民地だ。しかも先住民を虐げ、土地を奪い、言語と宗教を押しつけたのも同じである。

つまり、アメリカ文学は元祖ポストコロニアル文学であり、だからこそ他の元植民地の文学について知らなければ、アメリカ文学だって十分には読むことができないのである。そんなこと全然知らなかった。学生に偉そうに教えているふりをして、実は教えられているのは僕だったのだ。こうして日々目からウロコが落ち続けている僕は、ポストコロニアル文学とアメリカ文学を平行して読む、という作業にますます邁進している。

さて今回取り上げるのはJ・M・クッツェーの『イエスの学校時代』である。『イエスの幼子時代』(早川書房)の続編だから、一冊目を読んでいないとちょっとわかりにくいところもあるかもしれないけど、あんまり気にせず読んでみよう。『イエスの幼子時代』はこんな話だった。船の上で男と少年が出会う。彼らは元いた国で生きられなくなり、この国に逃げてきたのだ。ここでは生命が保障される代わりに、過去の記憶も言語も失わなければならない。代わりに与えられるのが仮の年齢と名前、そして初歩的なスペイン語だ。男はシモン、少年はダビドという名前を与えられる。

少年はもともと母親と一緒にいたが、途中ではぐれてしまったらしい。具体的な記憶がないにもかかわらず、二人は彼女を探してさまよい、ついにテニスをしている若い女性を見つける。それがイネスだ。あなたはこの子の母親ですね、と言われてイネスは、子どもを産んだ記憶もないまま、そうです、と答える。そして今までの生活を捨て、三人で家族になる。やがてダビドは学校に行き始めるが、周囲と違う感性を持った彼は学校教育には合わない。彼を特殊学校に送ろうとした当局から逃れて、三人は新たな人生を求めて旅に出る。

『イエスの学校時代』はこの続きから始まっている。農場に着いた三人は季節労働者の群れに加わる。ダビドは近所の子どもたちと遊び回りすくすくと育つものの、なかなか大人の言うことを聞かないやんちゃ坊主になる。このままではまずい、と思ったシモンとイネスは彼を学校に通わせる。それで選ばれたのが、アロヨ夫妻が運営しているダンス学校だ。実際の教育にたずさわっている妻のアナ・マグダレナを見て、ダビドは一瞬でなついてしまう。それもそのはず、色が白くて完璧な体型をした彼女は極端に美しいのだ。その魅力はシモンも虜にする。だが、イネスは彼女に不信感を抱く。やがてこの学校が不思議な宗教哲学に基づいた教育をしていることが明らかになる。その間にもダビドのダンスの才能は圧倒的なまでに開花していく。しかしそんな日々もある日突然断ち切られる。アナを慕う博物館の用務員ドミトリが彼女を絞殺してしまうのだ。彼はダンス学校の子どもたちにも慕われる存在だった。なのになぜこうなったのか。街の人々、特にダビドとシモンの対話は続く。ダンス学校が閉鎖された以上、ダビドはダンスを諦めるべきなのか。

前作に続いて、本書も設定は十分に抽象的だ。どこの場所のいつの時代の話かなんてまったくわからない。けれども、すべてを失った人々が希望を持って社会を建設し、そのなかで新しい世代が育っていく物語だということはわかる。植民地とはそもそもそういうものだったのだろうし、クッツェー自身も二〇〇二年にオーストラリアに移住している。

この作品で問題となっている事柄は二つある。すなわち、情熱は望ましいものなのかどうかと、精神と身体は繋がっているのか、という二つの問いだ。そしてこれらは互いに強く絡まりあっている。情熱についての問いをシモンにはっきりと突きつけるのはドミトリだ。愛情表現豊かな彼には、ダビドも含めた子どもたちがすぐになつく。アナの道ならぬ愛を得られたのも、ひとえに彼の情熱ゆえである。だがその過剰のせいで彼は殺人犯になってしまう。ならば情熱は人間には不必要なものなのか。イネスはそう考える。

だがシモンは違う意見だ。むしろ子どもにとって、いつも冷たく理性的な自分は導き手としてふさわしくないのでは、と思い悩む。そして彼が目を向けるのがダンスだ。音楽を聴いているとき、彼のなかで震えるものが存在する。ならば自分にも情熱はあるのではないか。そして有効な引き出し方を知らないだけではないか。彼は閉鎖されたはずのダンス学校の扉を叩く。シモンを迎えてくれたのは、アロヨ氏の前妻の姉であるメルセデスだ。

"If your son were to explain his dance he would not be able to dance any more," says Mercedes. "That is the paradox within which we dancers are trapped."

「もし息子さんが自分のダンスを説明できたなら、もうダンスは踊れないでしょうね」メルセデスは言う。「この逆説の中に、私たちダンサーは囚われているんですよ。」

言葉で構成されたものである文学作品の中にはもちろん、生の身体は登場しない。しかしながら、身体がたどった動きや、身体のなかでうごめく感覚の痕跡を書き込むことはできる。ここでクッツェーは、論理的な言葉が取り逃すものについて、メルセデスの逆説を通じて語っている。そしてそうした柔らかさや軽やかさこそが、文学を通して言葉の世界にもたらされる貴重な何かなのだ。

思えばクッツェーは一貫して、他者の身体の感覚に共感することを彼の作品の使命としてきた。たとえば『夷狄を待ちながら』では拷問される先住民の少女の痛みに感情移入する主人公を描いている。それは、論理的に考えれば不可能な行為にも思える。他人はどこまでいっても他人にすぎないのだから。けれども、そこで自他の境界を越える何かを探り続けることで、クッツェーは他者への想像力を欠いた暴力的なこの世界において、極めて現代的な作家であり続けている。

J. M. Coetzee, *The Schooldays of Jesus*. London: Harvill Secker, 2016.
J・M・クッツェー／鴻巣友季子訳『イエスの学校時代』（二〇二〇年、早川書房）

植物になる女

ハン・ガン
『菜食主義者』
＊
Han Kang
The Vegetarian

最近の韓国文学は面白い。まるで『ノルウェイの森』のような叙情的な文章で、女性の価値を見た目だけで判断する社会を痛烈に批判したパク・ミンギュ『亡き王女のためのパヴァーヌ』（クオン）、外国文化に憧れ映画業界で働くことになる女性が、北朝鮮兵士の持ち込んだ銃によって恋が断ち切られた思い出を語るチョン・セラン『アンダー・サンダー・テンダー』（クオン）と、読むたびに新たな個性と高い文学的水準に驚いてしまう。

これら韓国の新しい作家たちには共通点もある。村上春樹から学んだのか、ポップカルチャーに囲まれ、豊かな社会を享受しながらも満たされない心、ほんの二、三十年前まで盛んだった学生運動へのノスタルジー、そして今なお続く北朝鮮との緊張状態と、それに伴う軍の存在の大きさである。ドラえもんや安藤忠雄について語りながら、同時に戦争の暴力が生々しい力として登場する彼らの作品を読んでいると、まだ戦争が続いていたもう一つの日本というパラレルワールドで書かれた文学作品を読んでいるような気がしてきて、そのあまりの共通点と相違点の多さにクラクラしてしまう。

こうした韓国文学は、世界的な評価も高まってきている。そのことを如実に現すのが、ハン・ガン『菜食主義者』(クオン)のブッカー国際賞受賞だ。サルマン・ラシュディやJ・M・クッツェー、カズオ・イシグロなど、現代英語圏を代表する作家たちが受賞していることで知られるブッカー賞だが、ブッカー国際賞はそれを補完するために二〇〇五年に作られた。基準は世界文学に貢献した作家で翻訳が英語で読めるもの、というもので、隔年で与えられる。二〇一六年からは方向性が変わって、英語で翻訳が出た作品に毎年与えられることとなった。その栄えある第一回の受賞作品が『菜食主義者』なのだ。

それでは『菜食主義者』とはどういう作品なのか。食べることを拒否し、植物になろうとした女性の話だ。ヨンへは地味で、特別の魅力も持たない主婦である。夫は彼女を、一緒にいると楽な相手とだけ認識して気に入っていた。ただし彼女を強く愛したことは一度もない。だが徐々に異変が起こってくる。最初は息苦しいからといってブラジャーの着用を拒否したことだった。そしてある夜、冷蔵庫に向かって彼女は硬直して立っている。夫が呼びかけてもまったく反応しない。何をしているのか。高価な肉や魚など、冷蔵庫に入っている野菜以外のすべてを大きなごみ袋に捨てていたのだ。夫は力ずくでやめさせようとするが、妻は驚くような力で抵抗する。もはやそこには、夫の思い通りになる女だったヨンへはいない。彼女の顔を見た夫は、これは知らない女だ、と思う。やがて彼女は化粧をすることも拒否して、すべての革靴を捨てる。

どうしてヨンへは突如、菜食主義者になったのか。血だらけになって生肉を食べている夢を見たのがきっかけだった。その夢は何度も戻ってきて彼女を悩ませる。人間同士の殺し合い。血塗れの光景。自分は人生でどれだけの肉を食べてきてしまったのか。だが、肉を食べるのをやめた彼女を家族は理解しない。あなたは肉の臭いがすると言って拒む彼女に、夫は性的関係を強要する。実家の家族は肉を食べないと健康に悪いと言い募る。もっとも強硬なのは父親だろう。元軍人の彼は力ずくでヨンへの口をこじ開け、肉を食べさせようとする。父親の暴力に対抗すべく、ヨンへは果物ナイフを自分の手首に力一杯突きたてる。軍隊時代、特別攻撃隊に所属していた義兄に止血してもらってヨンへはなんとか一命を取り留めるが、そのまま精神病院に入院してしまう。

この作品を書いたハン・ガンはどういう人物なのか。一九七〇年生まれの女性で、父親も兄も作家という文学一家に育った。九〇年代にデビューし、二〇〇五年には本書で韓国を代表する李箱文学賞を受賞、今や現代韓国文学を代表する存在である。彼女にインスピレーションを与えたのは大学時代に読んだ李箱のこんな詩だった。「人間は植物であるべきだ、と私は信じている」。

この言葉に日本による植民地統治の暴力への抵抗を読み取った彼女は四半世紀後、『菜食主義者』を完成させることとなる。ただし、主人公が抵抗しているのは植民地主義に対してではない。女性に自分らしく生きることを許さず、あくまで女性的であることを強要してくる暴力的な現代韓国社会に対して、だ。

何と言っても気になるのは夫の冷たさだ。彼は妻のことを、家事をきちんとこなす、何でも思い通りになるロボットのように思っている。だからこそ、妻が自己を表現し始めると当惑し、彼女の言葉を理性的でないと否定する。夫婦である以上、自分の性的欲望は必ず受けいれられるべきだと思い込み、そうではないと気づくと妻をレイプする。そのあいだ妻が無表情で耐えているのを見ても、自分が満足を得るまで続けてしまう。そして思い通りにならない妻を嫌悪を込めた目で見る。やがて彼がヨンへを壊れたモノのように捨てるのも時間の問題だろう。言い換えれば夫にとって妻とは、自分の考えを持たない、小ぎれいで便利な肉の機械でしかないのだ。

極端なのはヨンへの父親である。かつてベトナム戦争に兵士として参加した彼の自慢はベトコン七人を殺して勲章をもらったことだ。常に自信満々で声の大きい彼は家族に暴力を振るい続ける。その一番の被害者が少女時代のヨンへだった。言い返す力もない彼女のふくらはぎを、父親は延々と殴り続ける。抗議もしないヨンへの中に、言葉にならない苦しみが積もっていく。それが頂点に達するのが父親との対決シーンだろう。一家団欒の食事会の席でヨンへは肉を食べないと言い放つ。初めてきっぱりと娘に拒絶された父親は逆上し、むりやり彼女に肉を食べさせようとする。その姿は、娘の健康を心配する親のものではない。ただ面子だけを重んじる傲慢な一人の元軍人でしかない。義兄が血塗れになりながら、軍隊時代に身につけた技術ですばやくヨンへを救うというのも印象深いシーンだ。こういうくだりを読んでいると、韓国社会において、軍の存在はこんなにも大きいんだな、と思ってしまう。

精神病院に入院したヨンへはどうなるのか。家族の理解を得られないまま、姉だけが彼女を見舞う。森に逃げ、発見された彼女は森の木々を兄弟だと思う。それはそのまま、女性としての彼女のありのままを慈しみ愛することのなかった家族や社会への言葉だろう。彼女は姉に打ち明ける。

'I'm not an animal any more, sister,' she said, first scanning the empty ward as if about to disclose a momentous secret, 'I don't need to eat, not now. I can live without it. All I need is a sunlight.'

「私もう動物じゃないの」彼女は言った。そしてまず、まるでこれから重大な秘密を明かすように、空っぽの病室をくまなく見回した。「食べなくていいの、もう今は。食べなくても生きていけるの。必要なのは日光だけ」

ヨンヘにとって植物になるとは、社会から切り離されて生きるということだ。そしてそれは、殺し殺されるという暴力から逃れて生きるということだ。もちろん彼女の希望が叶うことはない。やがて彼女は限りなく死に近づいていくことになるだろう。けれども、彼女の望みの意味は深く重い。

Han Kang, *The Vegetarian.* Trans. Deborah Smith. London: Portobello Books, 2015.
ハン・ガン／きむふな訳『菜食主義者』（二〇一一年、クオン）

距離と優しさ

ジュノ・ディアス
『ハイウェイとゴミ溜め』
＊
Junot Diaz
Drown

ジュノ・ディアスの自伝的な短編集*Drown*を貫いているのは、距離の感覚だ。カリブ海に浮かぶ島国ドミニカ共和国から父親が単身アメリカ合衆国に渡ったことで、家族はどんなふうに崩れていったか。それを、物理的な距離と心の距離の両面からディアスは辿っていく。

主人公は次男である「僕」ユニオールだ。父親がアメリカに行ったきり帰ってこなかった九年間、家族でアメリカに渡るもなかなか上手くいかない数年、そして父親が家を出たあとの暮らしが、行ったり来たりしながら描かれる。

「僕」は母親や父親の視点にも入っていく。だから、移民という現実を多面的に捉えることができる。あるいは、こうも考えられるだろうか。自分たちを捨てた父親への憎しみや、仕事ばかりでかまってくれなかった母親への不満を、二人に共感し、彼らの立場から体験し直すことで乗り越える試みがこの短編集ではなかったのか、と。

具体的に見てみよう。“Negocios”「ビジネス」でラモンは、妻と二人の息子がありながら成功を夢見てアメリカに渡る。飛行機のチケット代をケチって最短のフロリダに下り立った彼だが、もちろん就労のビザなどはない。皿洗いなど最低賃金を下回る仕事をしながらなんとか貯金して、ニューヨークを目指す。金を節約するため、途中バージニアから目的地までの六〇〇キロを歩き切る。

けれどもニューヨークに着いてからもなかなか上手くはいかない。一日二十時間働いても金は貯まらず、なけなしの六〇〇ドルは結婚詐欺で盗られてしまう。そもそも不法にアメリカの市民権を得ようとした結婚だから、訴えることもできない。ようやくドミニカ移民のニルダと結婚をし、アメリカに滞在する権利を得て、しかもレイノルズ・アルミの工場の仕事にも就いた。

だが良いことは続かない。ドミニカ移民のネットワークから、実は本国に別の家族がいることがニルダにバレる。職場での人種差別は酷く、ドミニカ人だけ仕事がきつい。過重な労働で背中を痛め、床に倒れたまま動けなくなっても、周囲の白人は何もしてくれない。結局助けてくれたのは同僚のドミニカ人だけだった。ニルダと上手くいかなくなったラモンはドミニカの家族を呼び寄せることを決意し、ニュージャージーのドミニカ人街に部屋を確保して姿を消す。

それでは、ドミニカに残された家族はどのように暮らしていたのか。“Aguantando”「待ちくたびれて」にはその様子が出てくる。雨漏りするトタン屋根の家では全てが濡れてしまう。だから、父親の存在を示す唯一の印である写真はビニール袋に入れてある。

どう考えても父親に捨てられたのに、そのことを誰も認めない。極貧の中、子どもたちは寄生虫に冒され、鉛筆を買うお金もない。チョコレート工場で働く母親は毎日疲れ切っている。やがて工場は閉鎖され、子どもたちは親戚のもとに送られる。ほんの数週間だけだと言われても、「僕」は嫌だと抵抗する。

I never wanted to be away from the family. Intuitively, I knew how easily distances could harden and become permanent.

僕は家族から絶対に離れたくなかった。距離はすぐに固定化され、永久に居座ることを直感的に知っていたのだ。

なぜ「僕」はそのことを知っていたのか。もちろん父親のことがあるからだ。果たして、再会した母子はその後、ギスギスした関係になる。そうなるだろうことはみんなわかっていたのに、それでも家族の心が離れていくのを止められない。

それでは、「僕」はいじけた少年時代を送っていたのか。そうでもない。"Ysrael"「イスラエル」

にはたくましい姿が登場する。赤ん坊のころ寝ていて豚に顔を食われた、という少年イスラエルを見に行こうと、「僕」と兄のラファは出発する。金がないからバスに無賃乗車する。途中何度も危機に遭うが、何とか切り抜けて目的地の村に着く。見ればマスク姿のイスラエルが道端で、アメリカ製の凧を揚げている。高価なおもちゃを買ってくれるイスラエルの父親を妬む。

イスラエルは言う。今は父親がアメリカに連れて行ってくれるのを待っているところだ。アメリカでは手術を受けて、完全に顔を治してもらうことになっている。その日が待ち遠しくて仕方がないよ。だがそう語る彼をラファは隠し持っていた瓶で殴りつける。そして気絶したイスラエルからマスクをはぎ取るのだ。

その下から出てきた顔はすさまじかった。筋肉が露出し、側面から舌がそのまま覗いていたのだ。でもアメリカに行ったらどうにかなるんだよね、と言う「僕」に対してラファは返す。——ユニオール、やつらはこいつに何もしちゃくれないよ——「僕」は幼すぎて社会の成り立ちが分からない。けれども三歳年上のラファは、世の中が平等ではないことを充分に気づいている。もしイスラエルがアメリカの裕福な白人だったら、完璧に近いところまで顔を治してもらえただろう。けれども貧しいドミニカ人はどうだ。そんな最先端の医療などには縁がない。一生ドミニカから出られないか、アメリカに行けても貧乏なままだ。

ジュノ・ディアスは一九六八年、ドミニカ共和国サント・ドミンゴ近郊に生まれた。その後一九七四年にアメリカ合衆国に移住し、ニュージャージー州のドミニカ系コミュニティで育った。一九九六年に出た本短編集 *Drown* は高い評価を得て、その勢いでマサチューセッツ工科大学の教員になる。続いて二〇〇七年には『オスカー・ワオの短く凄まじい人生』（新潮社）でピュリッツァー賞と全米批評家協会賞を獲得、一躍現代アメリカを代表する作家となる。二〇一二年の短編集『こうしてお前は彼女にフラれる』（新潮社）も話題となった。

この三冊を見ていくと、ディアスが一貫した問いを巡って書いていることがわかる。なぜ自分の家族はこんなに苦しまなければならなかったのか。それは、父親が先にアメリカに行ってしまったからだ。ではどうしてそうなったのか。ドミニカで長い独裁政権が続いたおかげで、経済も社会も破壊されてしまったからだ。だからこそ、第二作『オスカー・ワオ』では、トルヒーヨの独裁政権が一つの家族をいかに苦しめたかが執拗に描かれる。そして崩壊した家族で育った男が、どうやって幸福を得られるかの探求が第三作となっている。

ディアスの作品の主人公はなかなか幸せにはなれない。しかし同時に、ほんの少しの救いのような瞬間がある。"Fiesta, 1980"「フィエスタ、一九八〇年」はニュージャージーに移民した家族の話である。けれども暴力的な父親はプエルトリコ人の女性と浮気をしている。そのことを知っている「僕」は、父親の買ったフォルクスワーゲンの新車に乗ると必ず吐いてしまう。まるで、こういう暮らしすべてが嫌でたまらないというように。やがておばさんの家でパーティーが開催される。母親は笑顔のおばさんとよく似ているものの、おばさんほどは笑わない。もうこの頃には、家族がバラバラになってしまうだろうことは「僕」にもとっくにわかっている。そして「僕」はこう思う。

Suddenly I wanted to go over and hug her.
突然、僕は母さんのところまで行って抱きしめたくなった。

Junot Diaz, *Drown*. 1996, New York: Riverhead Books.
ジュノ・ディアス／江口研一訳『ハイウェイとゴミ溜め』（一九九八年、新潮社）

このときの「僕」はかぎりなく悲しく、そして優しい。こうした優しさがディアス文学の中心にはある。

共感と温かさ

カート・ヴォネガット
『スローターハウス5』
Kurt Vonnegut
Slaughterhouse-Five, or The Children's Crusade

＊

あまりにも辛すぎる記憶に、人は正面から向かい合うことができない。そんなことをすれば心が壊れてしまう。だが、だからと言って意思の力でそれを避け続けることもできない。まるで独立した意思を持っているように、記憶は時と場所を選ばず不意に蘇ってくる。だから我々はそれを見ることもできず、見ないこともできない、という宙ぶらりんな状態におかれる。

トラウマの理論はこうした心の動きについて様々に語ってきた。だがそれ以前から、文学は記憶について探求を続けている。トラウマ体験の多くは暴力によって引き起こされる。そしてその究極の形が戦争だ。だから、文学は戦争について語ることになる。それは、建国して以来、常に戦争を続けてきたアメリカの文学も例外ではない。

一九二二年生まれのカート・ヴォネガットもそうだ。彼にとってのトラウマ体験は、ナチス・

ドイツの捕虜としてドレスデンで迎えた大規模な空襲である。広島の原爆に匹敵する死傷者を出したこの爆撃は、第二次大戦後のアメリカでは比較的知られずに来た。なぜか。負けた側の戦争犯罪は暴かれるだろう。だが勝った側の暴力は、正義の名の下に隠蔽される。けれども、誰がやったとしても大量虐殺は罪深いものなのではないか。

『スローターハウス5』はこのトラウマ体験を巡って書かれた長編小説だ。だが作品は直線的には進まない。まずは冒頭で、いかにこのテーマが書けないかについての記述が続く。語り手はこの記憶を普通の直線的に進む物語として構成できない。しかも、戦争物固有の問題もある。勝った戦争は英雄の活躍と国家の結束の物語という、強固なフォーマットに詰め込まれてしまいがちだ。だが、それではアメリカの犯罪を暴けない。その逡巡は、戦友の家に行ったとき、その妻であるメアリーが語る言葉に表現されている。

You'll pretend you were men instead of babies, and you'll be played in the movies by Frank Sinatra and John Wayne or some of those other glamorous, war-loving, dirty old men. And war will look just wonderful, so we'll have a lot more of them.

あんたは自分たちが赤ん坊じゃなくて、一人前の男だったふりをするんでしょ。それで映画化されると、あんたの役はフランク・シナトラやジョン・ウェインなんかの、華やかで戦争好きな汚いおっさんがやるの。で戦争が素晴らしいものに見えて、だからもっとたくさん戦争が起こる。

戦争から遠く離れた本国の人々が理解できるのは、面白くて豪華な冒険活劇だけだ。それは戦争の真実とはほど遠い。実際には、暗く退屈な日々が続いたあと突然、死がやってきて、二十歳前後の男たちは惨めに傷つき死ぬだけだ。そこには英雄的なものは何もない。だが、その真実を見ないためにこそ、小説家や映画制作者は全力を尽くしてきた。そのせいで戦争が続いてしまうのだ、とメアリーは言う。

彼女の主張はもっともだ。そして語り手は彼女に、決してそのような戦争物語は書かない、と誓う。だからこそ『スローターハウス5』の副題は「子ども十字軍」なのだ。もともとの子ども十字軍とは、十三世紀にムスリム討伐の熱に浮かれた子どもたちが騙され、奴隷として売られた事件のことである。戦争とは、国家の都合で敵味方の子どもたちが大量に傷つけられ、殺されるというのが本質だ。政治的な英雄物語によって覆い隠される残虐さを小説に書くには、一体どうしたらいいのか。

記憶の原理に忠実に書く、というのがヴォネガットの答えになる。記憶は本人の意思に関わらず、連想の糸を辿って様々な過去に勝手に戻っていく。それは決定的なトラウマの瞬間を中心に置いて、決してそこに直接触れることなく、渦を巻きながら近づき続ける。そこで語り手が創造したのが、ビリー・ピルグリムという主人公だ。彼は特異な性質を持っている。時間や空間との結びつきが普通の人物より緩いのだ。だから気づけば過去に行き、現在に戻り、あるいは未来に移動してしまう。

だから、UFOに乗って遠い星からやってきたトラルファマドール人に自分が拉致され、彼らの星の動物園で展示されることも彼はあらかじめ知っている。ビリーはトラルファマドール人に人生の意義を教えられ、それを地球人たちに伝えるのが自分の使命だと考えるようになる。

トラルファマドール人の人生観とはこういうものだ。「三次元的な世界に住んでいるせいで、人間は生まれ、老い、死ぬと思い込んでいる。だがこのような直線的な時間は、四次元以上の世界に生きるトラルファマドール人には存在しない。過去も現在も未来もすべてが同時に存在し、それらの連なりは大きな連山のようだ。そのなかで、人はたくさんの足を持つムカデのように見える。死はその人の人生の残念な部分でしかない。他の部分ではいつも元気に生きているのだ。ならば人間も四次元以上の世界に気づいて、人生の良い部分だけを見るように努めるべきではないか。」

これは優れた考えのように思える。だが、その考えを信奉しているビリーの生き方自体がそれと矛盾してしまう。なぜか。人生の良い部分だけを見ようとしても、彼は常にドレスデン爆撃に、あるいは自分が巻き込まれた飛行機事故に、そしてその直後の妻の死に引き戻される。ただ思い出すだけではない。時空を越えて、悲しみの現場に立ち戻ってしまうのだ。ならばどうすればいいのか。

そこに答えはない。だが、ヒントのようなものはこの作品の方々に散りばめられている。たとえばユーモアだ。ドイツ兵たちに発見されたアメリカ軍の斥候たちは射殺される。そして彼らの血で雪がラズベリーシャーベットのように染まる。その色の美しさに気づくという人生の皮肉に読者は戦慄するだろう。あるいは、時間を逆回転できるビリーは、ドレスデンの街から爆弾を回収した爆撃機が後ろ向きに飛び、アメリカに戻って爆弾を下ろし、その爆弾が解体されて地面に戻されるという様子を見る。どうやらヴォネガットにとってのユーモアは、深刻な事態を深く語るための強力な道具であるらしい。

あるいは大いなるものへの祈りだ。本書には、「変えられるものを変える勇気を、変えられないものを受け入れる落ち着きをください」という祈りが出てくる。これはアルコール中毒の互助団体である、アルコホリック・アノニマスの標語として有名になった言葉だ。ただし、トラルファマドール的に生きているビリーにとって、変えられないものとは過去、現在、そして未来だけどね、というオチも付いているのだが。確かに、運命は存在するかもしれない。けれどもトラルファマドール人ではない、地球人である我々は、同時に自由意志も持ち合わせているだろう。変えられるものを変える勇気という言葉は、我々にとって一種の希望に思える。

地下の食肉処理施設に他の捕虜とともに隠れていたビリーは、ドレスデンの空襲を生き延びる。街が冷えるのを待って出てきた彼は、月面のように広がる光景を見る。中世風の優雅な街は、住民とともに一夜にして消え去ったのだ。彼は荒野を歩いていく。やがて戦争が終わり、彼は帰国して裕福な検眼士になるだろう。だがもちろん、記憶の中では何度もドレスデンに引き戻されるのだが。

何もなくなった街に鳥の声が響く。自分を乗せた馬車の馬が苦しんでいるのを見て、ビリーは涙を流す。こうしたすべての生き物への共感と温かさが、本書を一貫して流れている。だから僕たちはヴォネガットの声を信じられるのだ。

Kurt Vonnegut, *Slaughterhouse-Five*. 1969. New York: Dial Press, 2007.
カート・ヴォネガット・ジュニア／伊藤典夫訳『スローターハウス５』（一九七八年、ハヤカワ文庫ＳＦ）

第4章　祈ること、働くこと、生きること

労働の現実

チャールズ・ブコウスキー
『郵便局』
＊
Charles Bukowski
Post Office

大学院の修士だったころ、僕は将来どうしていいかわからないでいた。このまま博士に進学して学者になるのも違う気がする。かと言って、普通に就職して文学と離れたくもない。けれども、突然作家になれる気もしない。二十五歳ぐらいの頃かな。だから、柴田元幸先生からチャールズ・ブコウスキーの『勝手に生きろ！』（河出文庫）を訳してみないか、と言われたのは大きな転機だった。それまで、翻訳家という仕事に自分が就けるとは思ってもみなかったのだ。

結局、文芸翻訳では食べていくことができず、大学院に舞い戻って大学教師になったわけだが、ブコウスキーはずっと僕にとって特別な作家であり続けた。今、大学で文学を教え、こんなコラムを書くようになったのも、元はと言えばすべて彼のおかげなのだから。現在、彼のデビュー作である『郵便局』を訳しているのも、自分にとってはすごく大きな意味のある仕事だ。

ブコウスキーと聞くと、飲んだくれで女たらし、というイメージが強いのではないか。しかし実際に作品を読んでみると、そうしたものとはまったく違う印象を受ける。繊細で時に神経質、だが動物などの弱い者には共感し、社会における正義について考え続ける、いかにも読書好きのドイツ系作家、という感じだ。なんで正反対のイメージが広まったのかはよく分からない。たぶん販売戦略で、無法者の芸術家、というフランス的なアーティスト像をみんなが利用したからじゃないだろうか。

一九二〇年、ドイツのアンデルナッハに生まれたブコウスキーは、父親がドイツ系アメリカ人の軍人、母親が地元のドイツ人だった。三歳のとき家族でアメリカに戻るので、正確に言えば自身もドイツ系移民ということになる。一九三〇年代からアメリカ国内で反ドイツ感情が高まり、ブコウスキーもよく虐められたことは、少年時代を扱った自伝的作品『くそったれ!少年時代』(河出文庫)に細かく書いてある。

もう一つ、彼の少年時代を特徴付けるのが父親による虐待だ。一九二九年の大恐慌以降、仕事を失った父親は、言いがかりをつけてはバスルームで息子を革の鞭で打ち据えるようになる。しかも、こんなの間違っているよ、と母親に訴えても、お父さんはいつも正しいのよ、と言われて取り合ってもらえない。十代後半になり、体も大きくなって父親の暴力は止むものの、ブコウスキーが受けた精神的な傷は癒やされることがない。だから、大学中退から放浪時代を描いた『勝手に生きろ！』でも、父親的に監視してくる上司との攻防が延々と続く。

職場の情況が登場するのは『郵便局』も同じだ。第一章は非正規の配達員として働き始めた主人公のチナスキーが、いかに正規の配達員と差別され、過酷な労働を強いられるかに費やされている。笑い混じりの軽いタッチで書かれてはいても、その内容は深刻だ。働き始めたばかりのときは作業も楽だったが、そのうち任される郵便物がドンと増える。しかも、雨が酷い日や気温が高い日、休み明けの月曜日は正規の配達員が一斉に病欠を取る。一方で非正規は残業代もなしだ。

組合は存在するものの、正規の配達員の権利しか守らない。業を煮やして連邦政府の機関に抗議に行くも、まったく相手にされない。すなわち、すべての抗議は無効なのだ。しかも反抗的な態度のおかげでチナスキーは局長のストーンに睨まれ、わざとキツい配達区域を割り当てられる。文句を言えば仕事がゼロになる。死ぬほど辛いか、金がなくて死ぬかの二択しかない。

それではチナスキーはやられっぱなしなのか。そんなことはない。配達中、飛びかかってきたドーベルマンに食い殺されそうになれば咄嗟に郵便袋で殴って切り抜ける。仕事を干されれば、他の非正規のやつから情報をもらって、他の郵便局の速達便を勝手に請け負う。どんなに監視され脅されても、体力と知恵、虐げられた者同士の団結力で切り抜けるのだ。ここら辺は、理不尽な十九世紀の奴隷制社会を黒人奴隷として切り抜ける『数奇なる奴隷の半生―フレデリック・ダグラス自伝』（法政大学出版局）に近い。

チナスキーは自分のことだけを見ているわけではない。正規の配達員のG.G.はもう四十年、郵便配達の仕事を続けている。ある日、加齢のために彼は生まれて初めて、朝の速達便の準備を配達時間までに終えることができなかった。彼はそのまま泣き出し、精神を崩壊させてしまう。だが普段は彼のことを良いやつだと言っていた周囲の配達員達は彼の異常に気づかない。チナスキーが心配してストーンに事態を告げると、ストーンはG.G.の分は誰が配達するのか、ということばかり気にする。

非正規や弱い者はそのまま放置され、心身を損ねても顧みられることはない。仕事ってこんなものなのだろうか。だから、ようやく正規雇用の座を掴んでも、チナスキーは嬉しいとは思えない。

Somehow, I was not too happy. I was not a man to deliberately seek pain, the job was still difficult enough, but somehow it lacked the old glamour of my sub days—the not-knowing-what-the-hell was going to happen next.

でも、おれはそんなに嬉しくなかった。べつにわざわざ困難を求めるようなタイプの人間じゃない。仕事はまだ十分大変だった。でもなぜか、以前副配達員をしてたころに感じていた魅力が消えてしまった—次に何が起こるんだかわかりゃしない、という感覚が。

どうして嬉しくないのか。むちゃくちゃな差別の中で生き抜くには知恵が要る。しかし、一度人生のリスクを他人に押し付ける地位に上がってしまえば、今度は安心と引き替えに、刺激を失ってしまうだろう。しかも自分を支えるために他人がどれだけ苦しんでいるかを知り抜いているチナスキーは、そんな状態に耐えられない。だから程なくして郵便局を辞めてしまう。もっとも、すぐに舞い戻り、十年以上を過ごすことになるのだが。

他に職も見つからず、郵便局の内勤の仕事に就いたチナスキーは郵便を仕分けするだけの単調な仕事にすり減っていく。体中が痛み、仕事以外の時間ずっと寝ていても疲れが取れない。終いには思考力さえなくなっていく。頼るのは、一時的に憂さを晴らしてくれる酒と、束の間、夢を見させてくれる競馬だ。だが、付き合っていたジョイスはアル中で死ぬ。勝ち続けた競馬もいつかツキが終わる。この人生に出口はないのか。人間は決して自由になれないのだろうか。

結局、『郵便局』はチナスキーが仕事を辞め、何もかも失い、作家として本作を書き始めるところで終わる。我々読者はその後、ブコウスキーがカルト作家として、特にヨーロッパで絶大な人気を獲得し、ＢＭＷを乗り回してはメディアに出るような地位にまで上り詰めることを知っている。つまり、ブコウスキー本人はチナスキーが欲しがった自由をついに手に入れたというわけである。だが興味深いのは、彼が苦労の時期を書いた作品のほうが、成功後を扱った作品よりはるかに面白いということだ。

ブコウスキーの自伝的作品には、労働の現実が事細かに書き記されている。まさに、現代のプロレタリア文学と言っていい。ユーモアや他の文学作品からの影響に満ちた本作は、見た目とは裏腹にとても知的に構成されている。しかしその核心にある、労働者の苦しみを描くという意思こそが、ブコウスキー作品に永遠の現代性を与えている。

Charles Bukowski, *Post Office*. 1971. New York: Ecco, 2002.

職務への誇り

ミシェル・ウエルベック
『地図と領土』
Michel Houellebecq
La carte et le territoire

＊

フランス文学と言われるとどんな作品を思い浮かべるだろうか。カミュの『異邦人』は好きだったな、とか、サン＝テグジュペリの『星の王子さま』はフランス語の授業で読んだよ、という声が聞こえてきそうである。けれども、同時代のフランス文学を読んでいますか、と言われるとなかなか答えにくいのではないか。ああ、学生時代にマルグリット・デュラスの『愛人』を読んだなあ、映画版のことしか覚えてないけど、なんてことになりかねない。

今フランス文学で新作が出るたびに話題になるのがミシェル・ウエルベックだ。彼の高い評価は本国にとどまらない。二〇〇二年に彼は処女長篇『素粒子』で国際的な文学賞であるＩＭＰＡＣダブリン賞を獲得し、なんと三十か国語に翻訳された。その後二〇一〇年にはフランスを代表する文学賞のゴンクール賞を『地図と領土』で受賞した。すなわちウエルベックは、もはやフランスの小説家であることを越えて世界文学の書き手の一人となっているのだ。

ウエルベックは一九五八年、フランスの海外領土であるレユニオンで生まれた。マダガスカルの東方、インド洋に浮かぶ孤島である。離婚したヒッピーの両親に幼くして捨てられた彼は六歳でパリに移住し、共産主義者だった祖母に育てられる。そして国立農業学校を卒業後、作品を書き始める。こうした来歴は、ウエルベックの作品に特殊な影を色濃く落としている。フランス文化への疑い、愛情への不信と深い孤独感、人間らしい暮らしへの渇き、物質への執着などが彼の作品の特徴となっているのだ。

二〇一五年の作品である『服従』を見てみよう。フランスにイスラム教徒の大統領が誕生する、というショッキングな設定で物議をかもし、ちょうど『シャルリー・エブド』紙襲撃事件と同時期に発売されたために問題作として大いに話題となった本書だが、実際に読んでみると、とても静かな感じの作品である。主人公は大学教授で、デカダンスの作家ユイスマンスの研究者だが、もはや文学の意味を信じられなくなっている。単に性的な満足を得るだけの恋愛にも疲れ果てたが、結婚して安定した愛情を得ることもできない。このままでは緩慢な自殺のような人生を辿るしかない、と思った彼はカトリックの信仰を得ようとするが、どうしても信じられない。

無力感と絶望の中、彼はイスラム教政権に、改宗すれば高給と地位と複数の妻を与えると約束される。今までの世俗的な生活に何の魅力も感じられない彼は、その誘惑を受け入れてしまう。

しかしながら、イスラム教を本気で信じられるわけでもない。彼の虚しさはひたすら募るだけだ。『服従』におけるイスラム教は、お金や知名度だけが意味を持つ現代西洋世界を批判するための視点として方法的に導入されている。

一方、『地図と領土』で描かれるのは芸術を巡る不毛さである。主人公のジェドは美大生時代に、金属製の道具を写真に撮り続けていた。やがて対象をミシュラン製の地図に移したところ、日常的なものの中に新たな美を発見したとして話題となり、一躍、有名芸術家の仲間入りをする。次に彼が向かったのは、時代後れの油絵という方法で人間を描くというものだった。彼の作品は世界的なコレクターが奪い合うまでになり、ジェドは巨万の富を手に入れる。その金で地方に広大な土地を購入した彼は自宅に閉じこもると、人が作ったものが繁茂する植物の中に消滅していくというビデオアートを作り続ける。

本書に出てくる現代芸術は資本主義の論理に極端なまでに犯されている。販売戦略も含めたミシュラン社の全面的なバックアップを得たジェドの地図作品は、マスコミで美術評論家が書き立てるもっともらしい批評に後押しされる形で、急速に値段がつり上がる。地図という通俗的なまでの分かりやすさと、これは一流のコンセプチュアル・アートであるという解説が一緒になって、親しみやすい難解さ、という魅力的な商品になりおおせるのだ。彼の作品のおかげで中古の地図の値段さえ上がったよ、というミシュラン社の幹部の言葉には、現代の芸術は一般的に売り上げでしか評価されない、という意味が含まれているだろう。これは文学も例外ではない。

そうした傾向は「ビル・ゲイツとスティーヴ・ジョブズ、情報科学の将来を語り合う」というジェドの油絵作品で頂点に達する。芸術家が自らの手で描いた一点ものという極端な稀少さが、ゲイツとジョブズという現代資本主義の神々を描くという究極のわかりやすさと合わさっているのだから。金は持っているが文化は所有していない、というコンプレックスを抱いた世界のコレクターたちがこうした作品に飛びつくのも無理はない。そこにあるのは純粋化された資本主義の論理だけであり、それは彼らにとって最も親しみのある思想だ。

本作に出てくる人間関係の虚しさも凄まじい。相手の話は熱心に聞いているふりはするが、自分では一言も発しない、というアンディ・ウォーホル的な態度を練習したジェドはパーティーでそれを駆使し、ポップスターとしての地位を不動のものとする。ロシア出身の絶世の美女であるオルガと一度は結ばれるものの、関係を深めることができず、彼女がロシアに転勤になるとただなすすべもないまま、十年も関係を絶ってしまう。建築家だった父親ともうまく関われない。老人ホームに入れたところ、父親はジェドが知らぬ間にスイスで安楽死してしまう。ただでさえ少ない人間関係は広がらず、むしろ徐々に狭まっていき、ついにジェドは誰とも関わらない人生を送ることになる。

ならば本作には何の希望もないのか。いや、かすかに存在する。ジェドは疎遠だった父親と一度だけ深く語り合う。実は父親はかつて、合理性や生産性を信奉する著名な建築家ル・コルビュジエに反撥し、まるで生命体のような有機的な建築を目指した若き闘士だった。しかし出資者を得ることができず、やがて金稼ぎのリゾート開発に特化した人生を選ぶことを余儀なくされる。けれども若き日の精神は死んではいなかった。父親は言う。十九世紀にウィリアム・モリスが唱えたように、人は誰でも、自分なりに美しいものを創り出し、美しいものに囲まれて生きる権利を持っている。そもそも人類は長いこと、金銭的な利益のために労働していたのではない。

Des gens travaillaient dur, parfois très dur, sans être poussés par l'appât du gain mais par quelque chose, aux yeux d'un homme moderne, de beaucoup plus vague: l'amour de Dieu, dans le cas des moines, ou plus simplement l'honneur de la fonction.

人々は辛抱強く、時にとても辛抱強く働いていた。金儲けの誘惑に駆り立てられるのではなく、何か別のもののために、だ。それは現代人の目にはとても漠然としたものとして見える。修道士なら神への愛だし、あるいはもっと単純に、職務への誇りだ。

神への愛や職務への誇りを語る、というのは一見とても古くさく見える。しかし人々を繋ぐ価値観が金額しかない現代を越えるには、かつて過去に存在した可能性に学ぶことも必要だろう。

この新しさと古さの融合がウエルベックの大いなる魅力である。

Michel Houellebecq, *La carte et le territoire*. Paris: Flammarion, 2010.
ミシェル・ウエルベック／野崎歓訳『地図と領土』（二〇一五年、ちくま文庫）

弱さを通して自分を開く

J・D・サリンジャー
『フラニーとズーイ』
*
J. D. Salinger
Franny and Zooey

先日、下北沢の本屋B&Bでイラストレーターの川原瑞丸さんと対談のイベントをした。『ライ麦畑で出会ったら』という映画の公開に合わせて、サリンジャーについて考えていることを何でも話してください、という企画だ。

事前に映画も見たのだが、なかなか面白かった。体育会系の学生が多い高校で疎外感を感じているユダヤ系の少年が、サリンジャー『キャッチャー・イン・ザ・ライ』（一九五一年）にのめり込む。そして、これは自分のための本だ、なんて思いつめてしまう。ついには『キャッチャー』に基づいた戯曲を書き、上演をする許可をサリンジャーにもらいに行く。

もちろん、そう簡単に会えるわけはない。ニューイングランドのコーニッシュという村にいることまでは突き止めるのだが、誰に聞いても教えてくれないのだ。ようやくわかったのは、子どもたちが無邪気に歌う、サリンジャーの居場所の歌からだった。けれども、肝心のサリンジャーはなかなか許可を出さない。それでも彼は高校に戻り、友達を動員して劇を作り上げる。

パンフレットを見て、監督のジャームズ・サドウィズが自身の体験を映画化したのだとわかり驚いた。この業績が評価されて、彼はハーバード大学入学まで勝ち取ったのだという。作品を見ると、サリンジャーがアメリカでいかに伝説的な存在なのかがよく分かる。

もっとも、僕が感銘を受けたのはその点ではない。主人公は彼のことが気になっている女の子の運転でコーニッシュに向かうのだが、途中で綿花の咲いた原っぱを通るシーンがある。棒で綿花を叩くと、綿がふわふわ宙を舞う。その様が美しいのだ。イラストレーターだけに、川原さんも同意してくれた。

川原さんの話も興味深かった。人間関係やストーリーではなく、映画と小説両方について、印象的だった光景を中心に話してくれるのだ。やっぱり思考が映像重視らしい。言葉重視の文学研究者とはまったく違っていて面白かった。彼と話して良かったと思った。

収穫だったのは、イベントのおかげで『フラニーとズーイ』（一九六一年）を読めたことだ。資料として読み返したが、すごく良い作品だ、と初めて思えた。その話をしたら、川原さんまで『キャッチャー』より『フラニーとズーイ』のほうが好き」なんて本番で言い出してしまった。

『フラニーとズーイ』の何がいいのか。永遠の名作である『キャッチャー』を越えようとして、サリンジャーがさんざん苦労しているところだ。高校生が一人称で寂しさや苦しみについて語りながらニューヨークをさまよう、という『キャッチャー』の設定は完璧で、サリンジャーの自伝的な語りに読者が自然と惹き込まれる。

けれども、僕らは永遠に高校生ではいられないし、世界に文句を言い続けてもいられない。それじゃあどうすればいいのか。自分も世界に参加し、共に世界を作り、人を育てる側に回るには。もっともらしい大人、という「インチキ」な存在にならず、むしろ人に愛を与えられる人物にどうやったらなれるのだろうか。

『フラニーとズーイ』は二つの中編から成り立っている。一本目の主人公であるフラニーはとにかく何もかも気に入らない。だから一流大学に通うレーンとデートしても、彼のマッチョさに辟易し、彼の自分のことだけ考えている態度を憎み、媚びるような言葉を発する自己を嫌悪する。すべてが嫌になった彼女はレストランで気分が悪くなってしまう。

二本目は自宅のシーンだ。フラニーは、くだらない人間たちのエゴにはうんざりだと兄のズーイに語る。みんなただ仕事に打ち込む代わりに、人からどう見えるかばかり気にしているじゃないか。

それに対してズーイは答える。そんなものは単なる浅いレベルのエゴで、その向こうにある本物のエゴではない。本物のエゴとは何か。全身が癌に冒され、楽しみはテラスで虫を追いながらラジオを聞くことぐらいの、田舎に住む太ったおばさんみたいなものだ。有名でも健康でもない彼女に一瞬の喜びを与えること。そのためだけに芸術家はただ、本気にならなきゃいけないんだ。

高校からニューヨークに移動し、そこで次々と人に会う『キャッチャー』に較べて『フラニーとズーイ』は動きが少ない。基本的に屋内で話しているだけだ。だから、うまく会話の流れに乗れなければ退屈に思ってしまう。けれども読者が今まで芸術について、そして仕事をすることの意味について考えたことがあれば、この作品はがぜん面白くなってくる。

僕はいくつもの箇所で心を動かされた。まずはレーンとの会話でフラニーが発したこの言葉だ。

If you're a poet, you do something beautiful. I mean you're supposed to leave something beautiful after you get off the page and everything.

もしあなたが詩人なら、何か美しいことをするものよ。つまりね、ページを書き終えたとき、そこに何か美しいものを残してなきゃいけないの。

彼女はレーンと話しながら、英文科の学生や教授陣をこき下ろす。学生たちは知ったかぶりばかりだし、TAの大学院生たちは他人を批判しては自慢話をするだけだ。そして立派な教授の書いたものには美しさがない。ああ、大学で文学を教えている僕にとって、なんと辛辣な言葉だろう。

フラニーの学校批判はまだ続く。ズーイに向かって彼女は言う。ただ知識を溜め込んだって時間の無駄だ。その知識が叡智に変わっていかなければ、何の意味があるだろう。確かに僕もそう思う。けれども今の学校教育は基本的に、知識の伝達には優れていても、人格の向上には向いていない。

一定の年限で大量の学生を育てる、というシステム自体が、フラニーの考えるあらゆるくだらなさを呼び込む。人格は試験できないが、知識なら容易く試験できるからだ。ならばどうすればいいのか。サリンジャーが導入するのは、成長への意志を持った少数の人々による徹底した対話だ。

その原型となるのは、自殺した長兄のシーモアと、語り手である次兄バディに導かれた、ニューエイジの家庭内共同体である。二人は近代的なアメリカ社会を批判しながら、初期のキリスト教や日本の禅、インドのヒンズー教やヨガをまぜた精神的な教育を、年若いズーイやフラニーに施した。

けれども、エゴを捨て禁欲的に生きるべし、というこの教えは誰も救えない。どんなに優れた教えでも、あらかじめ決まっている答えでは実際の人生には対応できないのだ。だからこそ兄弟の一人ひとりは苦しみ、時に激しくぶつかり合う。

そこで彼らに見えてきたのが、人間の弱さだ。人は弱いからこそ知識で武装し、弱いからこそ他人の目を気にする。その点では、主流のアメリカ社会もニューエイジも変わりない。むしろしっかりと目を開いて、弱さに徹するべきではないか。

ただ目の前にある問いに自分をなげだす。そのことで、なぜか他人も喜んでくれる。万人に共通する弱さというトンネルを通じて、人と人が繋がっていく。サリンジャーは芸術論として話を展開しているが、むしろ仕事全般がそうしたものなのだろう。

宗教的、そして芸術的な議論に満ちた『フラニーとズーイ』は『キャッチャー』より取っつきにくい。しかし、自己を他者のほうへと開いていく本書には、サリンジャー作品が人類に残した最大の可能性が書き込まれている。

J. D. Salinger, *Franny and Zooey*. Boston: Little Brown and Company, 1961.
J・D・サリンジャー／村上春樹訳『フラニーとズーイ』（二〇一四年、新潮文庫）

ハイデガーとダニ

J・M・クッツェー『モラルの話』

＊

J.M. Coetzee, Moral Tales

[対談] 都甲幸治＋くぼたのぞみ（翻訳家、詩人）

都甲　本日は翻訳家のくぼたのぞみさんをお迎えして、J・M・クッツェーの作品についてお話ししたいと思います。くぼたさんは二〇一七年にクッツェーのデビュー作である『ダスクランズ』の翻訳を出されて、二〇一八年に新作の『モラルの話』（人文書院）を翻訳されました。今日は『モラルの話』を中心に語っていただきます。

くぼた　『モラルの話』は五月中旬にまずスペイン語版が、五月下旬に日本語版が、さらに八月にフランス語版が出版されました。英語で書かれた作品ですが英語版は書籍としては存在しません。それについては「なぜJ・M・クッツェーは最新作を英語で出さないのか」という文章を『すばる』（二〇一八年七月号、集英社）に書きました。ここでは大雑把な話をしますが、まずクッツェーは二〇一五年から年二回ブエノスアイレスのサンマルティン大学で「南の文学」という連続講座を行ってきました。北米やヨーロッパを介さずに、南部アフリカ、オセアニア地域、ラテンアメリカといった南半球を横につなぐ講座です。その連続講座の第六回目が二〇一七年の九月にあって、そこで新作の『モラルの話』をまずスペイン語で出すと公表しました。

都甲　クッツェーは南アフリカ出身で、英語で書く作家ですが、南アフリカでは英語だけが優位なわけではありません。むしろアフリカーンス語という、初期植民者であるオランダ人の言語が大きな力を持ってきました。大きく変化してケープ・ダッチ、アフリカーンス語と呼称も変わりました。もともと「クッツェー」という名はオランダ系の名前なんですね。彼はオランダ系でありながら英語で教育を受けて、アフリカーンス語と英語のバイリンガルとして育ちました。彼には英語が母語という感覚はないそうです。

くぼた　クッツェーは「母語」とは言わずに「第一言語」と言うんですね。母親は英語が第一言語で職業は小学校教師、父親はアフリカーンス語が第一言語で弁護士、でも二人ともほぼバイリンガルです。クッツェーは、英語が「自分の言語」だと思ったことはないし、自分にはイギリス人の血は一滴も流れていないと言っています。

都甲　『少年時代』という作品を読むと、そうした言語的な背景を垣間見ることができますね。少し荒い感じの田舎の人々がアフリカーンス語を使っているように思えますよね。

くぼた　ケープ・ダッチと呼ばれたオランダ語が変化したアフリカーンス語は、初期入植者のオランダ系移民と、いわゆる「カラード」と呼ばれたさまざまな混血の人たちの言語です。オランダ系白人を支持母体とする国民党が一九四八年に政権を奪回しアパルトヘイト制度が本格化して、政治と司法の主要言語として前面に出てきた。クッツェーが南アフリカ内陸の町であるヴスターにいたこの時代は、周りはみんな裸足なのに自分だけソックスと靴を履いていたと書いています。体育の授業で素足になるよう命じられると、翌日足が腫れて学校にいけなくなったエピソードがありますね。クラスメイトに学校を休んだ理由を聞かれて、「足が腫れたから」と答えるとやんやの冷やかしを受ける。学校では英語で教えるクラスに入りますが、名前がオランダ系なので、いつアフリカーンス語で教えるクラスへ編入されるかわからない、そんな不安にさいなまれ、そうなったら自殺すると思いつめたりする。

都甲　ところで、クッツェーは『夷狄を待ちながら』『マイケル・K』『恥辱』など中・長編が多いイメージがありますが『モラルの話』には短編が七本入っています。

くぼた　七つの短編のなかで最も古いのが「ひとりの女が歳をとると」で、二〇〇三年にノーベル文学賞受賞のニュースが流れた直後に発表された短編です。

都甲　他に短編集というのはありますか。

くぼた　『Three Stories／三つの物語』というのが出ていますが、これはアデレードに移る前後に比較的軽いタッチで書かれたもので、「スペインの家」、「ニートフェルローレン」、ノーベル賞受賞記念講演「彼とその従者」という三つの物語で構成されています。「スペインの家」は『すばる（二〇一六年十月号）』で翻訳し解説をつけましたし、「ニートフェルローレン」は『神奈川大学評論』の特集「アフリカの光と影」（二〇一三年）に訳出しましたが、日本語の短編集としてはまだ出ていません。英語版はメルボルンの出版社からのみ出ています。二〇一四年にアデレード大学のシンポジウムに招待されたのですが、その場で先行発売されていて、そのときに買いました。その後、オランダ語版、フランス語版、ドイツ語版、スペイン語版、そしてカタルーニャ語版などが出ています。「ニートフェルローレン」というのはアフリカーンス語で「失われない」という意味ですが、農場の名前として使われています。南アフリカを舞台にした話で、クッツェーが少年時代から憧れていたこの土地に対する想いが込められた作品です。フェルトと呼ばれる内陸の平地に父方の祖父が買い上げた農場があって、そこは少年時代からたびたび訪れて馴染んでいた「故郷」とも言うべき場所でした。幼いジョン少年は、そこに地面が踏み固められ、周りに石が丸く並べられている場所を発見します。あれは何？　と母親に尋ねると、「フェアリーリングよ」と母親は答える。大人になって偶然ある写真のなかにその場所を見つけて、そこが脱穀場だったことがわかります。そんな少年時代の話から始まって、一九九四年のアパルトヘイト解放後の南アフリカの「残念な」経済状況を嘆く短編です。

都甲　『モラルの話』のそれぞれの短編は確かにおもしろいんですけど、他の作品も読んでいないとなかなか分かりづらいのではないかと思います。例えば、エリザベス・コステロという作家の登場人物がいるのですが、実はクッツェーの他の作品にも出てきます。彼女は『動物のいのち』という作品の中で、動物の権利を擁護する主張をする。「西欧世界の価値観では動物は人間より下だからといって、自由に殺したり食べたりしてよいわけではない」と彼女は学会で講演をしますが、いろいろな哲学者たちに言い負かされてしまう。

くぼた　西欧では現在ベジタリアンが増えていて（インドでも多いですが）、動物をどう居るかという問題がEU議会で非常に重要な議題になっています。ただ、クッツェー自身は「動物の権利」に関心があるというより「動物と人間の線引きはどこにあるのか」ということをデカルトまで遡って検証していく。つまりデカルト以降、人間は「動物」を「モノ」として合理的に区分けしてきた。その結果、ダニもウサギも等しく「モノ」として扱われることになった。でもこれは東洋と西洋で大きく考え方が異なる点ですよね。和魂洋才でやってきた日本でこの問題を含んだ作品を翻訳して提起すると、とても複雑な文化的背景が絡んできます。クッツェーは動物への“Sympathy”や“Empathy”を小さいころから育てるべきだとしていますが、日本ではヒトと動物の線引きはそれほど明確でしょうか。

都甲　民話で人間が蛇に生まれ変わったりしますもんね。

くぼた　最後の「ガラス張りの食肉処理場」ではデカルトのウサギの生体解剖からハイデガーと

ダニの話へ飛びます。ハイデガーといえばナチス思想を思い浮かべますが、「ホロコースト」を支えた優生思想はユダヤ人を劣った存在だと学問的に位置づけたわけです。近代の人類学および言語学の発達は植民地主義と奴隷制を支えた思想と切り離せませんが、「人種」という雑駁な概念が作り出されたのも同じ時期なんじゃないでしょうか。

都甲　アメリカでは人種差別を正当化するために、十九世紀後半に「人種差別神学」が出てきます。これは、白人は支配者で黒人は奴隷、という上下関係は神が作った聖なる秩序であることを、一見論理的に「証明」するものでした。この神学がドイツと南アフリカに輸出されて、二十世紀のホロコーストやアパルトヘイトに繋がっていきます。実は差別の言説は新大陸発見の頃から存在しているんです。たとえば「インディオは人間かどうか」について、ローマカトリック教会で何百年も論争していたりする。

くぼた　植民地「開拓精神」の基礎部分となる選民思想ですよね。とにかくコステロは西欧の近現代思想をあたうるかぎり遡って、動物と人間を分ける「合理性」を再検討するよう読者を促している。ここでやりだまにあげられるのはフランスのデカルトとドイツのハイデガーです。

都甲　「ガラス張りの食肉処理場」では、ハイデガーを批判するというより、からかっています。ハイデガーは「人間の世界は豊かだが、動物の世界は貧しい」、「動物はただ動くことはできるが、世界に対して働きかけることはできない」と論じている。でもハイデガーがハンナ・アーレントと不倫をしているときには、「まるで獲物に飛びかかるダニ」のようだったに違いない、とコステロは言います。

くぼた　ハイデガーのところは皮肉が効いたエンタメになっている。エリザベス・コステロはクッツェーのカウンターエゴだと言われていますが、クッツェーは先日もブエノスアイレスのイベントで、自分はこの人物をコントロールできないと語っていました。コステロが突然あらわれて勝手に作家である自分を媒体にして何かを伝えようとするんだと。同様のことをトニ・モリスンも「作品世界に入ってしまうと、書いている間はそれが現実になる」と言っていましたね。現実世界のほうがむしろ非現実的に見えてしまうと。以前、クッツェーの同僚がインドの大学で現代文学について講義をしたとき、「オーストラリアのエリザベス・コステロという作家について教えてください」という質問を受けたそうです。現実には存在しない人物なのに（笑）。

都甲　実は僕はコステロが苦手なんです。彼女の言葉を読んでいると、母親にガミガミ言い負かされている気分になる（笑）。例えば前述の「ひとりの女が歳をとると」の中で、娘と息子がコステロに「もう年なんだし、一緒に住もうよ」と提案すると、「どうせ私が断るとわかっているのに、自分の良心が痛まないように言っているだけでしょ」なんて答える。こういうのを読むと、何もそこまで言わなくても、と思ってしまいます。けれども、一方で娘は「あなたが書いてきたものには美しさがあるだけでなく（…）ほかの人たちの人生を変えてもきた」、「あなたの書くものがレッスンを含んでいるからではなくて、レッスンであるからよ」とコステロを褒めたりする。

くぼた　こんなふうに、クッツェーは作中で常に自分の分身と対話してますよね。七十八歳まで作家としてやってきたのは、そういうことだったのかと作中人物のやりとりを通して自分につぶやいているのかもしれません。クッツェー作品の核心を一気に把握できるところでしょうか。

都甲　『サマータイム』の中でも、踊れないのに必死に踊るとか、自分の格好悪いところを出しながらも、どうすれば紳士でいられるか、どうすれば倫理的に生きれるか、問うていく場面がありますよね。

くぼた　不器用に踊るのは『サマータイム』の「アドリアーナ」の章で、ジェントルになるため自己改造するというのは「ジュリア」の章ですね。クッツェーはアルゼンチンの編集者であるソレダード・コンスタンティーニとの対話の中で、「自分は教会に行くクリスチャンではないけれど、キリスト教的な思想に強い影響を受けて生きてきた」と述べています。信仰はもたないけれどキリスト教の思想を考え抜いてきた人なんですね。だからこそ、その思想を相対化しながら、自身のなかに染み込んでいる西欧文明の何が問題だったかを俎上に載せたいと考える。俎上にのせて自己探求する行為自体は西欧思想にしか方法論の核がないことも熟知している。それは、南アフリカという「世界の辺境」で六十二歳まで生きた──途中十年ほどイギリスやアメリカにいたものの──クッツェーという人間が再確認した核心部分なんだと思います。

都甲　キリスト教思想とクッツェーの作品の関連についてですが、『鉄の時代』という作品では、アパルトヘイトの末期が舞台で、病気の老女エリザベス・カレンが主人公なのですが、娘はアメリカに逃げてしまっている。その中で、カレンの家の側に浮浪者のおじさんが寝ている場面が出てきます。カレンは浮浪者に向かって「私はあなたと出会ってしまった。そして私は否応なくあなたを受け入れる。あなたは私を信頼していないかもしれないけど、私はあなたを信頼してみようと思う」と語り、同居することにします。これを読むと、私はシモーヌ・ヴェイユを思い出します。彼女も「自分の中に空白を作ったとき、はじめて恩寵が降りてくる」といったことを語っています。というのも、『モラルの話』の中にある「老女と猫たち」という話の中で、コステロは猫とパブロという得体のしれない男と同居しているのを息子が発見するという場面がある。息子がなぜそんなことをしているのかと尋ねると、『鉄の時代』の主人公と同様に、コステロは「わたしが言っているのは選択のことではないんです。それは同意。任せること。イエスだけでノーはない」と答えます。論理的に考えるとこの答えは理解できないのですが、自分の中に空白を作り出し、理解できないものと一緒にいる、という点でテーマが共通している。

くぼた　なるほど。『鉄の時代』はアパルトヘイト体制がいよいよ終わりかという時代に書かれました。白人たちはもう知らんぷりして優位な立場で暮らしていけなくなる、とすると受け入れなければならないものが山のようにあるという状況。この作品は一九九〇年発表ですが、当時の状況から考えると、主人公のカレンは「こんなナイーブな白人はもういない」というくらいナイーブに描かれています。そのナイーブな人物が「これは受け入れられる／これは受け入れられない」ということを人間として、母親として考え抜いていきます。そして、最期は浮浪者のファーカイルに首を絞めてもらうというシーンで終わります。

都甲　え？　そうだったんですか？

くぼた　そうなんです。「渾身の力を込めて抱きしめてもらって」死ぬ。日本の読者の心情を考慮して、ソフトに訳しすぎたかなと思っています。扼殺《やくさつ》されたと理解する読者があまりいない。

都甲　殺されているということには気が付きませんでした。

くぼた　カレンは「時間が来たわね」と言って窓辺に立ちます。当時の南アでは、白人のカレンが「カラード」のファーカイルを利用したと批判されたりしました（日本ではファーカイルを白人と読む人がいたりして困惑しましたが）。ちなみに本文中には「エリザベス」という表記は出てきません。メモに「EC」とだけ書かれています。

都甲　「EC」だと、エリザベス・コステロと頭文字が一緒ですね。

くぼた　そう、『鉄の時代』のエリザベス・カレンが一旦死んで、よみがえったのがエリザベス・コステロなんです。コステロのプロフィールはかなり明確に設定されています。メルボルン在住のフェミニスト作家で、ジョイスの『ユリシーズ』の主人公レオポルド・ブルームの妻モリーの目から書き直した小説が大ヒット、という設定です。エリザベス・カレンは大学でラテン語を教えていた人ですが、古典の教師が死んで現代フェミニスト作家としてよみがえる、というのがおもしろいですよね。エリザベス・コステロは「歳をとる」とはどういうことかを書いています。読んでいて身につまされるところがいくつもあって。もちろん、「ここまで辛辣に子どもたちに言うか」とも思ったりしますけどね。クッツェーはコステロのことを“She is not a nice person.”(感じのいい人じゃない)と言ったりしている。

都甲　むしろ、「嫌な人」ですよね。正確に言うと、「正直な人」というべきか、思ったことを口にしてしまうといった感じでしょうか。

くぼた　クッツェーは作家として「真実を書きたい、すべてを言語化したい」という切迫した欲求をコステロの口を借りて行っているんでしょう。実際に自分の娘に対してここまで辛辣なことは言わないのではないかと思います。私はクッツェーの作中人物に憑依されてしまうところがあって、今回もコステロのことばを訳しながら自分がどんどん辛辣になり、言いたいことをすべて言わなければならないような状態になっていたなあ、と後から気づいたりしました(笑)。

都甲　私は数年前にクッツェーが来日したときにインタビューをしたことがあるのですが、本当に寡黙な人で、何を話しても、「そう」とそっけなく答えるだけでした。

くぼた　軽い言葉を口にしない人ですよね。「余計なことはしゃべらないことを自分に課した」

と言っていたことがありました。つまり、口にした言葉が自分の意図とは異なる意味に取られてしまうことを何度も経験してきたのでしょう。自分の作品も読まずにやってくるジャーナリストたちから誤解されて、言葉だけが独り歩きして事実と異なる噂が広まった経験から、インタビューを受けるのを一時期やめていました。「余計なことをしゃべらない」というのは、検閲制度など厳しい環境の中で生きてきた知恵でもあったと思います。ひょっとしたらインタビュアーの都甲さんが公安と通じているかもしれない、という社会で生きてきた。南アフリカでは解放運動の闘士が実は二重スパイだった、と後になってわかることはいくつもありました。自分の身を守るために、懐疑的にならざるを得なかった。

都甲　クッツェーの作品自体が検閲を前提にして書かれている、ということはよく耳にしますが、日常会話のレベルでもそれほど慎重だったんですね。

くぼた　アパルトヘイト撤廃後に裁断されずに残っていた検閲書類を彼は読むんですが、その文書は彼の作品について検閲官が意見を記したものだった。ところが、その検閲官がなんと大学の同僚の母親で、一緒に食事をしたこともある有名な作家だった。そういう世界で生きていたんですね。クッツェー自身は南アフリカにいるときに政治活動には直接コミットしませんでしたが、親友は逮捕、投獄されています。反体制の活動家と親しいというだけでマークされる状況でした。ある時、友人宅で食事をして車で帰ろうとすると、車のフロントガラスに銃弾が撃ち込まれていた。いっしょに食事をした別の人物の車と間違えられたようで、公安警察のしわざらしいと、でも真実は不明です。慎重に話すのはそうした経験がパラノイア的に身体中に染み付いているからなんでしょうね。

都甲　少し話を戻しますが、「老女と猫たち」の中で、なぜコステロが猫を受け入れたのか息子に話す場面があります。それまでコステロは「動物に顔がないのは、（…）目や口のまわりに繊細な筋肉組織がないからで、（…）だから猫の魂は不可視なの」などと言っておきながら、排水溝で仔を産んでいる最中の猫と目が合ったとき、動物の命の価値を述べるのではなく「ひらめいた」と直感によって狩猟される側である猫の側につくことを決めたと言います。

くぼた　あの場面でコステロは「わたしも母なの、と猫に言いたかった」と言っています。あそこは、私自身も子を持つ身として胸を突かれました。この描写を男性であるクッツェーが書いている点も重要だと思います。これだけ理屈をこねている女性が、無防備な分娩中の猫を見たとき、考えるのをやめて保護すると決める、感動的な場面です。

都甲　そうですね。少し脱線しますが、『ダスクランズ』についても少し話しておきたいと思います。この作品はクッツェーのデビュー作で、ベトナム戦争が前半の舞台となっています。後半では南アフリカの植民者で探検家のヤコブス・クッツェーが「私は支配者に生まれた」などと言い、先住民の村で暴虐の限りを尽くします。それを後世の歴史家が発見し、「私たちの先祖はこんなふうにして頑張った」と正当化して終わる、という衝撃の結末を迎えます。ベトナム戦争での村の破壊と、南アフリカでの先住民への暴虐が同じようなロジックで行われているということを、文体を変えながら描きあげた完成度の高い作品です。

くぼた　一九七四年に出版されたときは、知的な仕掛けというか遊びというか、一般読者には全然わからない作品でした。クッツェーはもともと南アフリカの作家で終わりたくないと思っていたので、ロンドンやニューヨークの出版エージェントに『ダスクランズ』の原稿を送るんですが、全て断られてしまいます。三年くらい断られ続けた。

都甲　断られて当然だと思います。当初は後半部分しかありませんでした。「原住民たちは殺されて当然だ」と人種差別主義者が人種差別的な言動を繰り返す話ですから。後半の話だけだと、どう読んでよいかが全くわからない。後の作品である『夷狄を待ちながら』などを読んだ後に『ダスクランズ』を読んでみると、腑に落ちるところが出てきます。

くぼた　たしかに、作品と作品の要素を立体的に類比させて、つないで読むとよく理解できますよね。『ダスクランズ』をあえて翻訳し直したのは、インタビュー「翻訳文学も日本語文学」(https://www1.e-hon.ne.jp/content/toshoshimbun/3334.html) でも詳しく語りましたが、この作品を書いていたころのことが『サマータイム』に出てきて、そこに『ダスクランズ』が「自己管理されたセラピーとなるプロジェクト」だったとか、作品内の「残虐性の具体的出所は…作者自身に内在するものだった」とあった。そこでこの作家の出発点からもう一度全体を俯瞰してみなければと感じたんです。クッツェーという作家がなにを起点に作品を書きはじめ、それがどのように変奏されながら現在の作品へたどりついたのか、じっくり考えてみたいと思ったんです。訳者あとがき「J・M・クッツェーと終わりなき自問」にも書きましたが、出発点は「歴史の哲学」だったのでしょう。南アフリカにいるあいだに書かれた作品のほぼすべてにこれはあてはまりますし、いまは哲学する対象が死後世界を含む「親子の存在論的な関係の問題」に向かっています。そしてリンガ・フランカとしての英語の役割を認めながら、「帝国言語」としての英語を脱植民地化しようとしている。

都甲　くぼたさんのあとがきには物語上の仕掛けが多いと書いていますが、クッツェーの作品群の中ではどちらかというとリアリズムに近いと思います。これを読まないと、他の作品がなかなか理解できないのではないか、という気もするのですが。

くぼた　例えば、ポストモダン的な傾向の強い『敵あるいはフォー』から読み始めた人や、帝国と植民地での拷問を前面に出した『夷狄を待ちながら』や究極のアウトサイダー小説『マイケル・K』から入った人は多いと思いますが、J・M・クッツェーという作家の全体像を考えたときは、やはり『ダスクランズ』が起点で、様々な方向に展開していったことがわかると思います。もちろん、そんな読み方なんて要らないという人もいる。斬新な見立てで作品ごとに面白がって読むとか。でもそれではこの作家の根幹となる「歴史の哲学」がすっぽり抜け落ちてしまう。クッツェー作品をつなぐ糸が切れて、浅薄な理解にとどまってしまう危険がある。もったいないですよね。

都甲　お子さんに「クッツェーの話はやめてください」と言われたこともあると聞きました。

くぼた　昔の話ですが、ちょうど彼が初来日したころですね、うんざりするくらい「クッツェーは、クッツェーが」と口にしていたら、しまいに「今度『クッツェー』っていったら罰金一〇〇円！」と宣告されてしまいました（笑）。クッツェーの作品を訳すときはいつも「クッツェーはこれを書いたとき何を考えたのか」ということに頭が行ってしまう。とりわけコステロの辛辣さを日本語にするときは、同じように辛辣な日本語にしなければと思って役作りにはまりました。『モラルの話』は英語のテキストが送られてきただけで、書籍としては出ていない。日本語の翻訳が先に出るということで、ものすごく緊張したんですよ。後遺症も残りました。

都甲　読みづらいところはなかったですよ。

くぼた　ありがとうございます。でも、疲れるという人もいますね。つまり、一つの言葉の背後に、じつは、色々なものがじわりじわりとついてくる。言葉の比重が高いというか、鉱石のような手触りというか、ぎゅっと圧縮された感じが半端じゃないですから。脳が疲れると…。

都甲　たしかに、テーマが凝縮されていますよね。『モラルの話』を読むとクッツェーが何を問題にしてきたかがわかるような気がします。

くぼた　ここには最近のクッツェーの問題意識がぎゅっと詰まっていますよね。『ダスクランズ』は植民地主義と暴虐をテーマに約二〇〇年の隔たりを超えて、世界を覆っている権力構造を「男という人間」の内側から描いていますが、『モラルの話』では直接それは触れられていない。

都甲　私が思ったのは、「動物と人間」「白人と有色人」「支配者と被支配者」という境界線という、似たようなペアが色々なところで出てきて、時代によってそのペアは変わるけれど、一貫したテーマとして描かれているような気がします。『ダスクランズ』のヤコブス・クッツェーも先住民に対して「ホッテントットの世界は貧しい」「ホッテントットの機会は少ない」などと言います。まるで『モラルの話』のハイデガーと同じようなことを言っています。ハイデガーに対する批判について、最初は一方的すぎると思っていましたが、クッツェーはもともとこうした事を考えていたのではないかと思ったんです。植民者の論理とハイデガーの論理がつながることを示しています。

くぼた　なるほど、両作品の根底にはそうした共通した問題意識があると読むことができますね。いまも形を変えて世界を覆っている植民地主義的精神の後遺症ともいえるようなものでしょうか。少数の新たな経済的強者の、ヒューマンとしての精神や心がどんどん退廃していく気配が…。クッツェーが最も重要視しているのは、他者を気遣うという意味の「ケア」の思想だと思うのですが、どうでしょう。

都甲　ヤコブス・クッツェーは先住民の村に行き、病気にかかってしまいます。すると先住民に薬草などをもらい看病してもらうのですが、「彼らは野蛮人ではないのではないか、いや野蛮人に決まっている」などと考えた挙げ句、先住民たちを虐殺します。

くぼた　ヤコブスは先住民の子どもにからかわれたことに怒り、子どもを殴りつけて耳を噛みちぎったりするのに、取り押さえられて村から追い出されるだけです。先住民は彼を殺しはしない。召使いの奴隷たちが村人と仲良くなって背を向けたため、ヤコブスは従順なクラーヴェルだけを連れて帰路につく。ところが途中でクラーヴェルは病気になって置き去りにされる。自宅にたどり着いたヤコブスは村人たちから「屈辱を受けた」ことへの復讐のために、軍隊を引き連れて村を襲って焼き討ちをかける。第一部の「ヴェトナム計画」でアメリカ軍がやったこととダブらせながら、強者として暴虐のかぎりを尽くす者の「美学」と精神的退廃と独善的な幼児性を、その内面から描き切ろうとしたのが『ダスクランズ』だった。「開拓精神」を称揚するアパルトヘイト時代の歴史家の後記までつけて。まさにモラルの話の陰画ですよね。

J・M・クッツェー／くぼたのぞみ訳『モラルの話』（二〇一八年、人文書院）

J. M. Coetzee, *Siete Cuentos Morales*. Barcelona: Literatura Random House, 2018.

（二〇一八年六月九日に下北沢「本屋B&B」で行われたトークイベントから構成）

母との闘い

ジャネット・ウィンターソン『オレンジだけが果物じゃない』

Jeanette Winterson, Oranges Are Not the Only Fruit

＊

［対談］都甲幸治＋岸本佐知子（翻訳家）

都甲　本日は翻訳家で、エッセイストでもある岸本佐知子さんをお迎えして、ジャネット・ウィンターソンの『オレンジだけが果物じゃない（以下、オレンジ）』（白水社）という作品についてお話ししたいと思います。これはウィンターソンのデビュー作にして代表作です。作品の話の前に、岸本さんはこの作品を二〇〇二年に翻訳されています。翻訳家としてはかなり初期の頃でしょうか。

岸本　そうですね、その前に一九九一年にウィンターソンの『さくらんぼの性は』（白水社）という作品を翻訳していました。翻訳家としては本当に初期の頃です。

都甲　一九九一年だと、もう私たちも知り合っていますね。東京大学の柴田元幸先生のゼミで知り合いましたが、当時岸本さんは学生ではない立場でゼミに来られていましたね。

岸本　すでに翻訳家ではあったのですが、当時は「訳者あとがき」が書けないほど未熟で、勉強が足りないなと思ってました。ちょうど柴田さんとは白水社の「新しいアメリカの小説」シリーズ（一九八九－一九九三年）で出会い、勉強させてほしいと頼み込んでゼミに参加していました。

都甲　その後五年くらい一緒に勉強していましたね。

岸本　大学院のゼミだったり、有志で翻訳会や読書会なんかをしていましたね。その読書会なんかでやたらとトークが上手い人がいるなと思っていたら、それが都甲さんだった。

都甲　ずいぶん懐かしいですね。さて、この作品はウィンターソンの自伝的な小説ですが、いわゆるカルト宗教の話です。キリスト教系のカルト教団に入った主人公の母親は、教団の人々は清い、それ以外の人々は邪悪、という極端な世界観を持っています。あるとき、啓示が降りてきて、子どもが欲しいと思います。夫はいるのですが「聖母マリアは処女懐胎した」から自分もセックス抜きで子どもを得ようとして、孤児院で女の子を引き取ります。その女の子が、著者と同じ名前の主人公ジャネットです。小さい頃は母親の過激なカルト思想の下で育ちますが、成長するにつれてだんだんおかしいと思うようになる。そして思春期にジャネットはレズビアンであることを自覚し、同性の恋人もできるのですが、それが周囲にバレて、「自然じゃない」「教義に反する」として教団から追い出されます。

岸本　そう、悪魔祓《ばら》いをされるんですね。二日間くらい監禁されたり。延々と悪魔祓いのシーンが続きます。

都甲　いわゆるカルト宗教の親のもとに生まれ、そこから抜け出すというのは、よくある話ですが、この作品には幻想的な場面も入り混じります。「アーサー王物語」などの描写が、一見関係ないようでいて、自伝の部分と絡んでいます。リアリティのある物語と幻想的なシーンとが見事に組み合わされた、現代文学の構成としてはある種完璧な小説という感じがします。

岸本　この作品に出てくる母親は、今で言ういわゆる「毒親」でしょうか。すべてというわけではないにせよ、おそらくかなり作者の実際の母親に近いキャラクターで、異常にパワフルで有能ですが、完全に方向性を間違えた人です。独裁者的で、家庭内に父親の影がほとんど出てこない。

都甲　父親については三、四箇所しか記述がない。確かに生きていることはわかるのですが、「結局この家にはお母さんの価値観しかない」んです。父親についてはほとんど書かれていませんね。

岸本　ウィンターソンの作品は全般的に男性の記述が少ないんですよ。

都甲　「私にとって男とは、ただいつもそのへんにいる面白くもないかわりに害もない生き物」という、主人公の男性観も出てきます。

岸本　途中で挟まれるおとぎ話の中に出てくる王子様が大馬鹿者だったりして、基本的に男性をおちょくり倒しているという感じですね。

都甲　男性には興味がないという感じでしょうか。といって女性を評価しているというわけでもなく、主人公は母親に対して「魂を売り渡した淫売野郎」などと痛烈な批判もします。あるいは別れた恋人に対して「愚劣な男と結婚し、牛以下に愚鈍になり、もはや何の感覚も失われた女」などとこき下ろす。

岸本　人物に対するジャッジがかなり極端ですよね。しかし、この母親に育てられてしまったら、無傷では済まないでしょう。母親は教団の支部を引っ張るリーダー的存在でしたが、ジャネットがレズビアンであることが露見した際に教団の支部は大混乱します。母親が教団の本部にジャネットの処遇を問い合わせる場面がありますが、本部からの回答は「あなたの支部は女が権力を持ちすぎるからこんなゴタゴタが起こるのだ」というものでした。するとなんと母親は「おっしゃる通りです」と、急に男尊女卑の価値観に寝返ってしまう。

都甲　「主のみ言葉は、結局のところ殿方のものなのです」と教団の皆の前で宣言しますよね。今までは女性である自分が教団を引っ張ってきたのに。そこでジャネットは「母のその言葉を聞くまでは、自分の今までの人生にもまだ少しは意味があるような気がしていた。それが一瞬で打ち砕かれた」と言います。

岸本　母親の強烈なキャラクターや挟まれる物語も面白いのですが、私はなんだかこの作品は「かさぶた」みたいだなと思いました。つまり、たくさん傷つけられてきた痕が結晶してこの物語になったんですね。ジャネットは養女として引き取られ、宣教師になるべくスパルタ教育をされ、母親から「学校は穢れた飼育所だから」と行かせてもらえず、読み書きや生物なども全て聖書を通じて教わります。

都甲　毎晩、母親に聖書クイズを出されたりしますね。

岸本　聖書が教科書だから、「蹄《ひづめ》の分かれている動物、分かれていない動物」などと覚えたり。犬や猫は知らないのにイワダヌキなんていう動物のことは知っている、とか。そんなふうに聖書の世界で真っ直ぐ育てられていく中で、何かおかしいなと思ったときに、自分の中で整合性を取るために物語が必要になったんです。今の時代だったらインターネットで「母が重い」などと検索して、同じ悩みを共有する人を見つけられるかもしれない。でも、ジャネットが暮らすのは炭鉱町で、家に風呂がないのがデフォルトのような環境でした。周囲で大学を出たような人もいない。

都甲　そんな場所なので、優秀な女性に対して「あの娘だけは大学に行くのではないか」という話になると、「いやあ、親御さんが許さないよ、早く孫の顔が見たいって言ってたから」と他の村人が言います。日本の五十年前の田舎みたいです。そんな中パリで教師をしていたジャネットの母親はずば抜けたインテリです。母親が教団を指導し始めてから、ビジネスの才を発揮して、短期間で信者が二倍に増えたりします。

岸本　「水に濡れても大丈夫な聖書」とか、いろいろなアイディアあふれるノベルティグッズを作り始め、それがものすごく売れたりします。

都甲　母親はもともと中産階級の出ですが、パリではじけ過ぎたか何かで、家族の支援を失い、労働者階級に落ちてしまった人です。だから心の中では中産階級の意識を持っていて、保守党を支持しており、労働党支持者である村人を全員見下しています。

岸本　そういう親の下で育つというのは本当に厳しい環境です。ジャネットの家には聖書と『ジェーン・エア』しか本がないんです。あとは種と苗のカタログぐらい。聖書以外で母親が唯一語り聞かせてくれた本が『ジェーン・エア』だったのですが、それも字が読めるようになって図書館で読み返したら、母親が結末を変えて話していたことに気が付きます。

都甲　母親の気にいるような内容に書き換えているという、本当に怖い。

岸本　そして娘が字を読めることがわかると、その書き換えた『ジェーン・エア』を処分してしまいます。

都甲　「壁」という言葉が何回も出てきますが、母親は娘の心や将来を限定して、自分の価値観を一〇〇％押し付けようとします。もちろん、多かれ少なかれ親というのはそういうものだとは思いますが。

岸本　母親という「壁」と、さらに教団という「壁」が存在し、そこから見放された時の絶望感というのがあまりにも辛すぎて、物語に転換しないと受け入れられなかったのだと思います。

都甲　「お話」とは何かについての記述がとても興味深かったです。「わたしたちは物語を自分の望む形にこしらえる。物語とは、世界の謎を解き明かしながら、世界を謎のまま残す術、時のなかに封じ込めてしまうのではなく、生かしつづける術だ。」

岸本　この作品の章立ては旧約聖書になぞらえているのですが、これはちょうど物語の真ん中にある「申命記」という章の中にある記述です。この章は他の章の物語と関係なく、時間、空間もなく浮遊したような、哲学的考察を含んだ不思議な章なんです。この章こそがまさにウィンターソン節というべきか、俯瞰的な視点から眺める詩のようなものが入ります。それによってただ辛いだけの物語で終わらないというのが、彼女の作品の醍醐味なんですよね。

都甲　そうですね。「こんなに辛かった」と深刻なことを深刻に語られても相手には伝わらないということがありますが、ときには軽く語られたり、お話が加わったり、考察を交えたり、語り口のレベルを変えることで、物語に余白が生まれて、作品として受け入れやすくなります。

岸本　実は昨年にウィンターソンは『オレンジ』の基となる母親とのリアルストーリーを書いているんです。それによると、実際の母親は作品に出てくるよりも鬱《うつ》傾向の強い人で、人生が嫌い、世界が嫌い、ハルマゲドンが早くこないか願うような人でした。

都甲　作品の中でも、母親はハルマゲドンに備えて缶詰を蓄え、缶詰で一杯になった戸棚が描かれたりしています。そこにはブラックチェリーの缶詰やパインの缶詰がたくさん置いてあります。

パインの缶詰は黒人宣教師向けに用意したもので、「アフリカ人はパイナップルだけ食べているだろう」という想定をしているなど、非常に差別的な考えを持っていることなどが窺えたりもします。

岸本　母親はとにかく強烈なキャラクターです。後に出る『さくらんぼの性は』という作品は完全にファンタジー作品なんですが、その中にも母親を思わせる「犬女」というキャラクターが登場します。十七世紀のロンドンが舞台なんですが、犬女は象よりも大きな巨体をしています。三十匹くらいの犬を飼っていて、その犬同士を戦わせ、見物料を取って暮らしている。怪物のような人ですが、気のいいところもある、でも実は人殺しだったりする。

都甲　気のいい人殺しですか。

岸本　あとがきに「気は優しくて人殺し」と書いたりしました。犬女はジョーダンという男の赤子を拾います。ジャネットを養子に取るのと似ているのですが、さらに明るく愉快な怪物として描かれます。ウィンターソン自身が母親との関係について、年月を経て物語に昇華することができたことを窺わせてくれます。ただ、その母親も亡くなったこともあり、リアルストーリーを書くことにしたようです。

都甲　それは、母親に限定された生涯を送っているという感じですね。

岸本　リアルストーリーの中で語られているのですが、ウィンターソンが『オレンジ』を出したときに母親から怒りの電話がかかってきます。その内容は作者が「ジャネット・ウィンターソン」と本名で、登場人物も「ジャネット」ですから、本人の話だと周囲にバレてしまう。母親は偽名で本を購入したことを告げながら「なぜ『お話』なのに名前を変えずに書いたのか」とウィンターソンに問い詰めます。するとウィンターソンは「自分には人生と『お話』の区別はない。あまりにもリアルな人生が辛いので、『お話』は自分が生きることのできる別バージョンの人生だ」と反論します。

都甲　母親は理解してくれないでしょうね。「あなたのために」というスタンスで生きてきているでしょうから。

岸本　それからウィンターソンは早い段階で家の引き出しから養子縁組の書類を見つけて、自身が養子であることを知ります。そのことが彼女の人生に暗い影を落とすのですが、彼女は「養子というのは最初の何ページかが欠落した本を読んでいるようなものだ」と表現しています。その欠落を埋めるために自分でストーリーを考えなくてはならない。作家になって物語を書くのは選択の余地のない必然だ、と述べています。だから、ウィンターソンは生きている限りそのギャップを埋めるために書き続けなければならないのでしょうね。

都甲　その話に関連して思い出したのですが、最近カート・ヴォネガットの『スローターハウス5』やティム・オブライエンの『本当の戦争の話をしよう』など、戦争を扱った文学作品を授業の中で取り上げています。『スローターハウス5』でもドレスデンの爆撃で人が大量に死ぬ様子というのは、作者も書けないんです。書きたいけど書けないから、SFという形でしか示すことができない。

岸本　書けない、というのは苦しすぎてということでしょうか。

都甲　そうです、ドキュメンタリーとしては苦しすぎる。ヴォネガットは一九四五年にドレスデン爆撃を経験するのですが、一九六九年に『スローターハウス5』を発表するまで、十五年近く書くことができないのです。ウィンターソンであれば母親との関係についてですが、ヴォネガットやティム・オブライエンであれば戦争について、直視すれば心を壊してしまうような事柄に対して、どのようにして物語を使っていくかということは、現代文学の大きなテーマであるように思います。

岸本　ヴォネガットであれば「SF」という形式を利用したんですね。

都甲　そうです、時間が行ったり来たりしながら、フラッシュバックするような描写が多いですね。映画『ランボー』でも拷問を思い出したりする場面がありますが、PTSDがフラッシュバックによって回帰するのと似ていますね。ウィンターソンの作品も時間軸が一直線ではなく、お話という別の次元と行ったり来たりします。でもこうした現実と空想との行き来というのは現代文学においてとても重要です。

岸本　あまりにも強すぎる対象との距離のとり方といえばよいでしょうか。

都甲　「幸せじゃないマジックリアリズム」という感じでしょうか。

岸本　『オレンジ』の中にエルシーというおばあさんが登場します。彼女は教会の人でありながら、唯一ジャネットの味方になってくれる人でした。

都甲　ジャネットがレズビアンであることを糾弾する集会で、エルシーは教会の人々に向かって「この子を助ける気があるのかい?」と声を上げますが、取り押さえられる。

岸本　さきほどのリアルストーリーの話しに戻りますが、ウィンターソンは『オレンジ』ではだいたい本当のことを書いたが、エルシーだけは架空の人物である」と述べています。

都甲　それはきついですね、だってエルシーだけがジャネットの逃げ場となっていますから。

岸本　そうです、だからウィンターソンは逃げ場は自分で創作するしかなかった。エルシーはウィンターソンのイマジナリーフレンドのようなキャラクターでした。

都甲　作品の中でもエルシーが病気で弱ったあとに、「オレンジ色の悪魔」というのが登場します。エルシーとオレンジ色の悪魔はもともと似た位置づけだったのですね。空想上の存在でありながら、どちらもジャネットに的確なアドバイスを与えます。オレンジ色の悪魔は「悪魔は人間を一つにまとめる役目をしている。もし悪魔をないがしろにすれば、その人間は二つに割れちまうか、悪くすりゃもっとばらばらになる」と言います。

岸本　オレンジ色の悪魔とエルシーがいちばんまともなキャラクターなんですよね。

都甲　けれどもカルト教会の中ではエルシーは異質な困った存在で、排除されるべき人とされています。ところで、この作品のタイトルですが、母親が「オレンジだけが果物じゃない」というセリフを言いますね。母親はどんなときでもオレンジだけ食べていれば良いとジャネットにオレンジを与え続けます。

岸本　ジャネットが幼少の頃に扁桃炎にかかって耳が聞こえなくなり、誰の呼びかけからも応答しないということがありました。このことを母親は「この子は聖霊に満たされている」と言い、教会で褒め称えられたりします。しかし、ある日ジャネットの異変に気がついた人がジャネットを病院に連れて行くと即入院させられるのですが、母親は平然と「心配いりません」と答えたりする。

都甲　母親は「あなたのために」と言う割にジャネットの耳が聞こえなくなっても対処しないし、ジャネットと身体的接触を避けていたりします。母親に「キスをしたらぎょっとされた」といった描写もありますね。

岸本　母親は完全に精神を病んでいます。また、母親と父親は一緒の時間に寝なかったりする。

都甲　母親は朝の四時まで起きていて、父親は朝の五時に起きていたので、おそらくほとんど一緒の時間を過ごしてはいない。

岸本　セックスもしていない夫婦でした。リアルストーリーを読んでみても、おそらく結婚してから一度もセックスをしていないような状態で、ひとえに母親が拒否をしていたからだそうです。そのことについて父親がどう思っていたかはわからないけれど、母親の死後、父親は七十歳を過ぎて、若い女性と再婚したとありました。ウィンターソンは再婚相手の女性に話を聞いたら、「夫は毎晩火のついた火かき棒みたいよ」と答えたそうです（笑）。

都甲　たとえが最低ですね（笑）。

岸本　そんな精力絶倫な父親が長年セックスもせずに暮らしていた。よく夫婦関係が続いたなと思います。

都甲　愛人がいるような父親でもないんですよね。ごく普通というか、それこそ存在感がない。母親は「この家の人間でフライパンとピアノの区別がつくのは自分だけ」と信じていますが、ジャネットもさすがにそれは間違っているだろうと思っている。

岸本　ジャネットの女性との情事が二回目に露見したとき、母親は怒り狂って台所の皿をすべて割り、「夕食はないよ」という場面でも、ジャネットだけでなく父親も自動的に夕食抜きになってしまう。父親はとんだとばっちりを受けるのだけれど、何も言わず、作品中にセリフが一度も出てきません。

都甲　今の時代にこの作品を読むとすると、ＬＧＢＴという文脈で読むこともできる作品ですが、あまりそういった文脈に置くような作品でもないですよね。岸本さんはどう思われますか。

岸本　レズビアンであるということはあまり大きな意味を持たないような気がします。この作品の中では、レズビアンであったことは教会という唯一の拠り所から追放されるきっかけのひとつとして描かれるのみでした。

都甲　先程の「キスをしたらぎょっとされた」という話にもあるように、母親との身体的接触であるとか、優しくハグをするとか、そういったシーンが一切出てきません。それゆえにジャネットが女性と交わっていくのは恋人としてだけでなく、相手に「母親」なるものを求めているのではないかと解釈することもできます。だから、読んでいてジャネットが女性を好きになっていくのは自然なことのように感じられます。けれども、全て教会に露見してしまいます。

岸本　最初に露見したときは、母親が勘付いて、ジャネットが母親に打ち明けるんですよね。

都甲　母親が理解してくれたと思い、打ち明けたところ、後日教会全体を巻き込んだ悪魔祓い集会が開かれ、吊るし上げられてしまう。二回目に露見したときは、一週間恋人と宿で過ごせる喜びのあまり、カギをかけるのを忘れてしまい、教会の人に目撃されてしまう。ジャネットは吊るし上げられる際に「お前は邪悪だ」と言われますが、それに対して「汚れているのはあなたたちのほうよ!」と叫ぶシーンがあります。おそらくジャネットはそのことを訴えかけたかった、訴えたら教会にはいられなくなるけれども。

岸本　ジャネットにとっては世界が教会と家の二つしかない。その二つから出ていくのはものすごい恐怖だったと思います。

都甲　学校のシーンも印象的ですね。裁縫の授業の時間にジャネットは「地獄に落ちて泣き叫ぶ不信心者たちのイメージをあしらった図」の刺繍を作ります。タイトルもエレミヤ書からとった「夏はもはや終わりぬ　されど我らはいまだ救われず」といったもので、呪いの塊のようなものを作って先生から気持ち悪がられる。

岸本　文字の色が黒一色なんですよね。毎回一等を取れると思っているのに全然評価されず、評価される作品は白いふわふわした羊とかをあしらっていて、「ママへ　愛をこめて」などと書いてあるものだったりする。めげずに賞を取ろうとエルシーと相談して「イースターの卵の工作」に取り掛かるのですが、作り上げた作品がワーグナーの『ワルキューレ』の場面だったりする。

都甲　ことごとく怖い（笑）。

岸本　実はこの作品は冒頭の二行を読んだだけで、「訳そう」と思った珍しい作品でした。その二行というのが「たいていの人がそうであるように、わたしもまた長い年月を父と母とともに過ごした。父は格闘技を観るのが好きで、母は格闘するのが好きだった」という文です。この二行ももちろん好きなんですが、作品を通して一番好きなシーンがジャネットが学校に行って、周囲から浮きまくってしまうところです。

都甲　本当に浮いてますよね、例えば「毎年毎年、わたしは賞を取ろうと頑張った。衆生の民を見下しつつも、なおも啓蒙してやろうと試みた」とあったり、学校で馴染めるわけがない。

岸本　友だちとも口の聞き方がわからないから、地獄に落ちる話や不信心者が死後どんなひどい目に遭うか、といった説法をして怖がらせたりします。迫真の演技をやりすぎて友だちの首を絞めてしまったりして、校長先生に呼び出されて怒られます。でも家に帰って母親に報告すると、「選ばれしものは孤独なんだよ」なんて褒められたりする。ジャネットとしては正しいことをしているだけなのに、学校の中では周りの人間が別のルールで動いていて、自分は何をやっても「やらかし」てしまう。その感覚というのは、私自身にも重なるところがありました。

都甲　岸本さんのお得意なテーマですよね。OLになったものの、会社がどういう原理で運営されているのかわからず、日々必ずやらかしていた、という。

岸本　そうですね。例えば朝起きてストッキングを履かなければいけない、遅刻しないように会社に行かなければいけない、といったことを一つ一つクリアしていかなければならず、会社に着く頃にはヘトヘトでもう何もできない、といった感じでした。何が何だかわからないまま会社も辞めてしまいましたね。

都甲　今はどうですか？

岸本　「まぁ、しょうがないよね」と思われるような職業について、何とかごまかして生きていますね。非常識なことを言っても、「まぁ物書きだから」と思われて健常者の枠でないことにされているから、自分としてはその枠で助かっているな、と思っています。

都甲　今の仕事やポジションはなるべくしてなったという感じですか。

岸本　選んでそうなったというよりは、あっちもだめ、こっちもだめとやっている内に、消去法的にたどり着いたという感じですね。そういう意味で、ジャネットに親近感を覚えます。

都甲　岸本さんはウィンターソンと同年齢ということですが、国籍も言語も違いますが、そうした周囲から浮いていたといったことも含めて、共通するものが多いと感じていましたか。

岸本　実は同世代であることはかなりあとになって気づいたんです。なぜなら『オレンジ』で描かれる環境は、本当に同世代とは思えないくらいに時代遅れなんです。日本の戦前くらいのイメージを持っていました。トイレも外にあるし、家にお風呂をつけるのがその地域の住人の夢となっていたりする。ジャネットの母親が子ども部屋を潰して風呂を作る場面も出てきます。父親ではなく、母親がそうした事を行うのも不思議な感じもしましたが。

都甲　大事なことはすべて母親が執り行いますよね。

岸本　リアルストーリーの方では、ウィンターソンが家に友人を招くことができなかったと書いているのですが、それは自分の家に風呂場がないのがバレてしまうから、だったそうです。あと、家中に聖句が貼ってあるという理由もあったようです。

都甲　母親が「異教徒を家に上げると空気が汚れる」と頻繁に言うシーンもありますが、そうしたプレッシャーも相当あったものと思われます。

岸本　自分の属する宗派以外は認めませんからね。

都甲　自分はカルトものの話が結構好きで、今村夏子の『星の子』（朝日新聞出版）という作品があるのですが、それが『オレンジ』のジャネットと似ているんですよね。

岸本　『星の子』の方がずっと怖いと思います。ジャネットは教会から抜け出すけれど、『星の子』ではカルト宗教から抜け出せない。

都甲　「やっぱり良いところもあるな」などと言って、出ていかない。両親が水療治をやっていて、家ではなく近所の児童公園で大量の水を頭からかぶったりする。周囲からいかにも怪訝な眼差しを浴びているけれど、自分の両親であることは告げられない、という。

岸本　そして、両親が怪しい水を買ったり、寄付をしたりして、どんどん貧しくなっていく。怖い話のはずなのに、特に事件とかは起こらないんですよね。

都甲　ウィンターソンの場合は文章に緊迫感があって、対立が描かれますが、『星の子』の場合は、日本の小説の怖さとも言うべきか、ほのぼのとしているんですよね。サティアンみたいな施設を指差して、「昔あそこの建物で人が死んだらしいよ」などとほのぼのと語っていたりして、それが怖さを感じさせる。主人公は小学校五年生くらいの少女ですが、人が死んでいるレベルの話なのに、『サザエさん』のようにほんわかとしている。

岸本　主人公の「お姉ちゃん」というのがいるのですが、お姉ちゃんは家から出ていってしまいます。ウィンターソンはこのお姉ちゃんと同じ目線ですね。

都甲　アヒルを育てる話というのがあります。ある日アヒルを飼い始め、近所の子たちも呼んでアヒルを可愛がるのですが、子どもたちが頻繁に触るのでアヒルが弱ってしまい入院させられます。すると退院したときには明らかに別のアヒルがやって来る。それでも「治ったよ」などと言う。また子どもたちがアヒルに頻繁に触るので弱ってしまい、入院する。するとまた別のアヒルがやって来る。そのうちある子が「二代目も良かったけど、初代が一番好きだったな」などと言ってしまう。全員別のアヒルだと知っていたのに、知らないふりをしていなければならない、というプチカルトが描かれます。

岸本　両親は、アヒルを飼い始めると、子どもが家にやってくるという快感に取り憑かれていくという話ですね。この作品には「私」という人物が登場するのですが、それが幽霊みたいでとても怖いんです。

都甲　三十代くらいの引きこもっている女性で、資格を取れば世の中で活躍できるはず、などと頻繁に言っているのですが、資格試験を受けている気配はなく、それがまた怖い。

岸本　「私」の部屋は家の二階なんですが、二階からアヒル小屋が見え、子どもたちが群がっているのを見ているんです。そのうち子どもがふと「私」の方を振り返って「人がいる」と口にする。それがとてつもなく怖い。「人」って扱いなんだ、と。

都甲　まさに屋根裏の狂人という扱いなんでしょうね。でも「人」って呼ばれるのはとてもきついですね。

岸本　私にもそういうことが何度かあったような気がしますが（笑）。

Jeanette Winterson, *Oranges Are Not the Only Fruit*. 1985. New York: Grove Press, 1997.
ジャネット・ウィンターソン／岸本佐知子訳『オレンジだけが果物じゃない』（二〇一一年、白水社）

（二〇一八年八月十八日に下北沢「本屋B&B」で行われたトークイベントから構成）

第5章　言葉を読む

雑誌『フリーマンズ』と世界文学

リディア・デイヴィス「ノルウェー語を学ぶ」
アレクサンダル・ヘモン「失われた空間を求めて」
Lydia Davis, "On Learning Norwegian"
Aleksandar Hemon, "In Search of Space Lost"

＊

世界から作家や編集者、翻訳家があつまる東京国際文芸フェスティバルも二〇一六年でもう三回目だ。僕は今年は世界的に有名な文芸誌『グランタ』の元編集長、ジョン・フリーマンさんと対談することになった。気難しい人じゃなければいいけど、と始まる前は少々心配していたが、フリーマンさんは、真摯で繊細な青年だった。オープンで正直で、とても話しやすい相手だったのだ。

すでに実績のある人物、となると日本では五十代後半くらいのイメージになるのではないか。けれどもフリーマンさんは一九七四年生まれ、まだ四十歳を少し越えたばかりだ。十九世紀から続く『グランタ』を三十代で引き継ぎ、大きく売り上げを伸ばしたというのだから驚く。

今回来日したのは、新雑誌『フリーマンズ』創刊の宣伝のためでもある。これがすごい。フリーマンさんの個人誌でありながら、村上春樹の短篇「ドライヴ・マイ・カー」(『女のいない男たち』(文藝春秋)所収)やリディア・デイヴィス、アレクサンダル・ヘモン、デイヴィッド・ミッチェル、エトガル・ケレットなど、日本でもおなじみの有名作家たちの作品がずらっと並んでいる。どうしてこの人はこんなにも多くの素晴らしい書き手たちから信用を得ることができたのだろう。

とにかく作家と時間を一緒に過ごすことが大事だ、とフリーマンさんは言う。一緒にご飯を食べて、だらだら話をするのでもいい。一緒に飲むのでもいい。時間を過ごしているうちに、作家は本当の顔を見せてくれるようになる。そして徐々に心を開き、様々なことを話してくれるようになる。そうした何気ない話の中に、次の作品のヒントは潜んでいる。作家たちの心が今向いている方向が垣間見えたとき、フリーマンさんは直感的にそのアイディアを摑んで相手に書くことを促すのだという。

これは深い示唆に富んだ話だと僕は思った。普通の編集者は、作家たちの今までの実績を見て、そうしたものの延長線上の仕事を依頼する。けれども依頼される方は、もはやそんなものには飽きていたりする。それよりも、書き手がいかに自分自身でいられるようにできるかが勝負だ、とフリーマンさんは言う。確かに、今の自分をしっかりと見て肯定してもらえれば、人はいちばん大きな力を発揮できるだろう。

それでは編集者は何もしないのがいちばんなのか。そうではない。作家は自分では、どこがおもしろくてどこがそうでないかがなかなかわからない。だから編集者が、ここがおもしろい、と指摘してあげることが必要なのだ。こうしたことすべてが、僕のたずさわっている教育という仕事にも共通するなあ、と僕はフリーマンさんの話を聞きながら感じた。なんでもインターネットという時代に、極端なまでのアナログっぽさを保っているフリーマンさんの考え方が眩しかった。

それでは実際に掲載されている作品を読んでみよう。リディア・デイヴィス「ノルウェー語を学ぶ」は短篇とエッセイ、語学習得に関する論文のすべてを兼ね備えた、愉快で少々変わった作品である。『ほとんど記憶のない女』（白水Uブックス）など岸本佐知子さんの訳す奇妙な味の超短篇で知られるデイヴィスだが、彼女がどういう人かはあまり知られていないのではないか。ポール・オースターの元妻で、大学の先生をしている彼女は、とても有名な翻訳家でもある。しかも幼少期をオーストリアで過ごしてドイツ語を習得した上、フランス語からフローベールやプルーストを訳してフランス政府から勲章をもらい、スペイン語からの翻訳もあるというからすごい。こうした語学の達人は、いったいどうやって勉強しているのか。

赤ん坊と同じように学ぶ、というのがその答えである。どういうことか。「ノルウェー語を学ぶ」では細かく説明されている。現代ノルウェーを代表する作家ダーグ・ソールスター（『NOVEL 11, BOOK 18』（中央公論新社）が村上春樹によって日本語訳されている）の、電話帳ほどもある『テレマーク小説』と呼ばれる作品をデイヴィスはどうしても読みたくなる。淡々と先祖の実話を書きながら、それがそのまま小説になっていると聞いて、彼女はどうにもたまらない気持ちになったのだ。

しかしながら、一つ大きな問題がある。その小説の英語版が存在しないし、彼女が読めるいかなる言語の翻訳もないのだ。英語訳は出そうもないから、いくら待っていても意味がない。そこでデイヴィスは大胆な行動に打って出る。ノルウェー語の知識がほぼまったくない状態で本を取り寄せ、そのまま読み始めるのだ。

通常我々が新しい言語に挑戦するときには、辞書を買い、文法書を買い、語学学校に通うなどして徐々に知識を増していく。しかしそれはあくまで受け身の学び方であり、その方法ではなかなか語学は身につかない、とデイヴィスは言う。それでは彼女はどうするのか。単語を見て直感的に語幹、接頭語、接尾語に分け、ドイツ語や英語の知識を総動員しながら、自分の脳味噌を使って単語の意味を推測する。そのまま読み進め、推測が間違っていると文脈で判断したら修正する。文法的な規則が見えてきたら書き取り、自分なりにノルウェー語の文法を組み立てる。繰り返しと推測、修正によるこの方法は、完全な混沌の中に産み落とされた赤ん坊がやがて意味を発見し、自分なりの規則に沿って言語を身につける過程に近い、とデイヴィスは言う。こうして彼女は無謀な読書を毎日数時間続けた結果、数百ページを読み通し、同時にノルウェー語を修得してしまう。

もちろんこの驚くべき結果には仕掛けがある。ドイツ語、英語、スカンジナビアの言語はもともと共通した言語から派生しているから、ある程度は互いに単語の意味の推測が可能だ。しかも文法的にも大きな隔たりはない。それでも、推測だけで他の言語を探っていく過程の記述には、ミステリーを読んでいるような楽しさがある。

アレクサンダル・ヘモンの「失われた空間を求めて」もいい。旧ユーゴスラビアの都市サラエボ出身で内戦の勃発と共にアメリカに亡命し、シカゴに住んでいるヘモンだが、両親は彼とは別のルートでカナダに脱出した。すべてを失った両親だが、外国に住みながら廃品を再利用し、養蜂や肉の燻製まで始めてしまう。五十代でカナダに移民した両親は大した英語力もないまま、自分たちの居場所を独力で作り上げるのである。その姿は息子であるヘモンにも魅力的に映る。そしてこう思うのだ。

My parents did what the early North American settlers had done once upon a time. They transformed the space they found themselves in.

私の両親はかつて初期の北アメリカ開拓民がやったのと同じことをしていた。彼らは自分たちがいることになった場所を作り替えていたのだ。

移民は単なる可哀そうな人々ではない。彼らも十分な強さを持った大人なのだ。だから北アメリカの社会も彼らを子ども扱いするのはやめてほしい。ヘモンの言葉を読むと、美しい同情心に隠れた見えない差別に気づかされる。世界文学の最先端は、きっとこんな日常的なところにあるのだろう。

John Freeman, Ed. *Freeman's: Arrival*. New York: Grove Press, 2015.

町田康を英語で読む

町田康『パンク侍、斬られて候』英語版

Kou Machida

Punk Samurai Slash Down

*

翻訳を仕事にしているせいだろうか。最近、古典新訳に興味がある。しかも日本の古典の現代語訳だ。そうなった直接の原因は、町田康による『宇治拾遺物語』の訳である。なにしろこの翻訳はすごい。高名な僧侶が儀式に呼ばれ、貴族の前で大便をしてしまう。目が二十四個ある鬼が、「おまえは二十四の瞳か」とツッこまれる。瘤取り爺さんの隣の爺さんは、自分だけ良ければいいという独善的な踊りを踊って鬼に瘤を付けられる。こんなに町田康の小説に出てくるような人ばかり登場していて、これは翻訳なのか。それとも原典を元にした創作なのか。強く興味を惹かれた僕は、青山のNHKカルチャーセンターで開かれた町田康の二回連続講演に通うことにした。そこで僕は、あまりにも独自で、なおかつ本質をついた彼の翻訳思想に触れた。その核心にあるのは、現在の、あまり本を読んでいないかもしれない普通の読者にまで古典の楽しさを伝えたい、

という強い思いである。

そのために直訳でわからないところは説明を入れ、間が飛んでいるところは想像して埋める。あまりにも心情描写がなさ過ぎて読者が共感できないと判断すれば、あえて創作も入れる。ここで大事なのは、町田康の原文を尊重する気持ちは微塵も揺らいでいない、ということだ。説明や創作を彼が書き加えるとしても、それはあくまで原文がもともと指し示しているものを、自分の体を通して文章化しているだけである。決して面白くしようとして勝手に突飛なことを付け加えているわけではない。こうした読者と原文の両方に対する彼の真摯な態度に僕は大きな感銘を受けた。翻って、我々外国文学の翻訳者はここまで翻訳について考え抜けているだろうか。

『宇治拾遺物語』よりもさらに創作の色が強い『ギケイキ』にも、同じ町田康の意志が貫かれている。民衆の想像力の中で培われてきた古典『義経記』を下敷きに、彼が『義経記』を読んで考えたこと、聞こえてきた声、見えてきた風景が書き込まれていく。ここで重要なのはあくまで元のテクストだ。だからこそ、テクストとの対話の中で生まれてきた『ギケイキ』に独りよがりな部分はない。そして読者は、『義経記』と町田康の対話の中に、もう一人の対話者として参加することになる。肉体を失いながらも、八〇〇年以上生き続けてきた義経の魂は現代の若者言葉、関西弁、ニューエイジ風の言い回し、歌謡曲などの芸能ネタを繰り出しながら、生前の自身の戦いを綴る。異質な言葉が軋みながらぶつかり合う本作は、優れて小説的な体験と喜びを読者に与えてくれる。

異質な言葉のぶつかり合いという技法は、二〇〇四年に書かれた『パンク侍、斬られて候』でも用いられている。時代は江戸で、黒和藩を訪れた牢人、掛十之進がこんな情報をもたらす。西国では腹ふり党という新興宗教が社会を不安に陥れている。この世界全体は巨大な条虫の腹の中にある無意味な世界だと決め付ける腹ふり党は、すべての義務を放棄し腹をふり続けることで救いを求めるべきだ、と説く。この腹ふりの無意味さに苛立った条虫は、腹をふっている者どもを肛門から排出し、真の世界に送ってくれる、というのだ。家老の内藤帯刀は、政敵を追い落とすのにこの腹ふり党を利用することを思いつく。そして一度は壊滅状態になった腹ふり党の幹部、茶山を隣国で探し出し、黒和藩で腹ふり党を復活させる。だが急速に拡大した集団の勢いを、内藤も、黒和藩も、そして茶山もコントロールできなくなってしまう。

設定が江戸時代というだけに、登場人物たちは時代劇のような言葉で喋る。けれども時に「なんだかパニックになっちゃって」「僕はパンク侍です」「アイドンケアー」といった英語を使う。四書五経の素読が不得意な大浦は「わめが、したりはが、あほむらのたい、あがも、ほげみりてほげたり」とタモリのハナモゲラ語で本を読みあげる。興奮した主馬は言葉乱れて「真っ赤に燃えた、体温だから、真夏の海は、鯉の生け簀なの」と美空ひばりの「真っ赤な太陽」をなぞり出す。茶山の説教は、閉じた専門用語に満ちた奇怪な新興宗教を表すべく、理解不能と理解可能のギリギリの線を狙ってくる。細かい部分はよく分からないのに、全体としてはこの世に意味はないとか、社会の上の者と下の者は入れ代わるべきだなどのメッセージが伝わるようになっているのだ。

さて、こうした町田康の小説手法を、翻訳者はどう英訳しているだろう。二〇一四年に出た英語版を見てみよう。すると、英訳者が原文に完敗していることがよくわかる。なにしろ、ザワザワした日本語文に比べて、英語文は奇妙に静かで端正なのだ。細部はどうなっているのか。侍が突然英語を話す部分は、当たり前のようにそのまま“I'm a punk samurai.”“I don't care.”など、そのまま英語に置き換えられる。ハナモゲラ語のところは「ページに書かれているものとは関係のないでたらめを吐き出した」と、説明文で終わらせている。歌謡曲の引用は直訳され、何の歌のパロディかわからない。茶山の説教はひたすら字義通りかつ論理的に英語に置き換えられてしまう。要するに、ひたすら真面目に訳すあまり、町田康の小説本来の面白さがかなりの部分、蒸発しているのだ。

と言って、英訳者を責めることはできないだろう。これこそ、我々外国文学翻訳家が無意識のうちに、日々やっていることなのかもしれないのだから。ではあるべき英訳とは何か。古典の知識やサブカルチャーの知識を持ち、複数の文体を自在に操れる、まるで英語圏で生まれた町田康のような言語能力を持った英訳者の手による、半ば創作作品、だろうか。しかしながら、日本よりも翻訳者の社会的地位と原稿料がはるかに低い英語圏において、そこまで要求するのは酷かもしれない。

本書の英語版で唯一成功しているのは若者言葉だ。腹ふり党に参加した人々はまるで音楽フェスに来た若者のような言葉で語る。たとえばこうだ。

「気持ちいい空間を共有してるって感じ？　素晴らしい仲間に出会えたことに感謝」（町田康原文）

“There's just such an amazing feeling of togetherness, you know? I'm so grateful for all the wonderful new people I've met!”（英語訳）

「みんなと一緒になれた、っていうすごい感覚があったんだよねー。素晴らしい人達に出会えて、ほんと感謝してます」（都甲訳）

町田康の原文は、音楽雑誌に載るような文章を正確になぞっている。そして英文も、ただ町田の原文の意味を置き換えるのではなく、この場に来た若者が英語だったらどう言うかを考えて作られている。さすがの英訳者も、若者言葉については書物で得た知識ではなく、英語の実際の声として知っているのだろう。複数の生の声を響かせること。町田康作品の英語訳を分析することで、読者の心に響く翻訳とはどういうものかを考えるきっかけをつかめた気がする。

Kou Machida, *Punk Samurai Slash Down*. Trans. Wayne P. Lammers. London: Thames River Press, 2014.
町田康『パンク侍、斬られて候』（二〇〇六年、角川文庫）
町田康『ギケイキ　千年の流転』（二〇一八年、河出文庫）
「宇治拾遺物語」町田康訳、『日本霊異記／今昔物語／宇治拾遺物語／発心集』
（池澤夏樹＝個人編集　日本文学全集08　二〇一五年、河出書房新社）

もう一つの村上春樹

アルフレッド・バーンバウム訳
『羊をめぐる冒険』英語版
Haruki Murakami
A Wild Sheep Chase

＊

先日、アルフレッド・バーンバウムさんと話した。初期の村上春樹作品を英訳した人だ。辛島デイヴィッドさんの本『Haruki Murakami を読んでいるときに我々が読んでいる者たち』（みすず書房）の発売記念で、神保町ブックセンターで三人でイベントをしたのである。

バーンバウムさんは日本ではそこまで知られてはいない。これは当たり前で、日本ではみんな英語版でなく、日本語版を読むからだ。でも海外では、この人の英訳がすべての始まりだったと言っても過言ではない。バーンバウムさんが訳した『風の歌を聴け』や『羊をめぐる冒険』をみんな英語で読んで、これはいい、と思い、そこから村上春樹の世界的名声が巻き起こったのだ。

日本国内でしか知られていない村上作品を訳し、それが海外で爆発的に読まれていく、というのは果たしてどういう体験だったのか。そして、成功のあと、なぜ村上の訳から手を引いたのか。

興味は尽きない。だから僕ももう一人の客になりきって、いろいろと訊いてしまった。

一言で言えば、それは二度と繰り返せない奇跡の物語だった。誰からも大して期待されていない作者、翻訳家、編集者が集まり、そのためにかえって遊び心に満ちた自由な空間が開け、楽しみながら翻訳をし、本を売り、それが世界で認められる。けれどもいつしかすれ違いが重なり、まるである季節が終わるように、全員がばらばらになってしまう。まるでバンド結成から世界的な成功、そして解散へ向かう話を聞いているようで、僕は切なくなってしまった。

辛島さんの本には、そこらへんの事情が細かく書いてある。父親の仕事の都合で五歳から二年間、東京ですごしたバーンバウムさんはハワイ、メキシコへと移り住む。常に多様な人種の中で育ったから、白人だけに囲まれると違和感を覚える子どもになった。アメリカで過ごした時期もあるが、アメリカ人でありながら、アメリカも一つの外国でしかないと感じるようになってしまう。一九九七年からは早稲田の大学院で日本美術史を学び始めたが、自由にテーマを選ばせてもらえずに中退する。生活のために翻訳家になったのはその頃だった。

そしてもう一人の主人公がエルマー・ルークさんだ。ハワイで育った中国系の彼は、アメリカ東部で編集者になるべく奮闘する。人種の型にはめられたくないと強く願った彼だが、業界は冷たかった。アジア系であることはそのままセンスの悪さを意味すると思われ、なかなかチャンスを摑めずにいたのだ。傷心の彼を採用したのが、海外進出をもくろんでいた講談社インターナショナルという出版社だった。ルークさんの経験とコネで、なんとか日本の作家をアメリカで売ろうとしたのだ。

アーティストでもあるバーンバウムさんが楽しみながら自由に訳した文章を、レイモンド・カーヴァーが大好きなルークさんが、引き締まったものに編集する。時には余計だと思われる比喩表現を取り除くこともいとわない。不要だと思えば、小説の一部をばっさりと削ってしまう。こうしてできた『羊をめぐる冒険』や『世界の終りとハードボイルド・ワンダーランド』の英訳は英語圏でとても高い評価を受けた。軽さとユーモアを兼ね備えた新たな日本文学として、あたかも元から英語で書かれた作品のように、読者の心にすんなりと入り込んだのだ。

バーンバウムさんの翻訳の方法とは何か。まず日本語の原文を読む。それから、一つ一つの言葉を英語にすぐ置き換えるのではなく、原文から伝わってくるイメージを明確に思い描く。視覚だけではない。聴覚、触覚、嗅覚などあらゆる感覚を総動員して、小説を精密に体験するのだ。その上で、英語の読者に同じ感覚を与えるだろう文章を、原文にとらわれることなく自由に書いていく。

僕はこのやり方を聞いてとても驚いた。確かに、原文を読んで感じたイメージを細かく思い浮かべるという作業は僕もやる。しかしそこからが違う。原文の単語一つ一つをきちんと意識しながら、日本語のニュアンスを正確に調整することで、イメージの精密度を上げていく。すなわち、イメージと原文を両方最大限に尊重するのだ。だからいったん原文を忘れてしまう、というバーンバウムさんのやり方は衝撃的だった。

思うにこれは、日本とアメリカの歴史や文化の違いなのではないか。日本では、欧米の作品は聖なるテキストであり、翻訳者や編集者が勝手に変えることは忌避される。どんなに冗長でも、どんなにわかりにくくても、そこには玄妙な意味が隠されているのではないかと思うから、恐くて変えられないのだ。そして翻訳された作品は進んだ文化の産物としてオーラを帯び、崇め奉られる。

しかしアメリカでは違う。確かにフランスやドイツの作品は違うかも知れないが、日本の小説なんて、そもそも読む必要がないとみんな思っている。立派な内容の本ならそもそも英語で、あるいは百歩譲ってもヨーロッパの言語で書かれているだろうし、そうでないものは、まあ気が向いたら読んでみるか、ぐらいの感覚しかない。その上、英語として少しでもこなれない、翻訳調のものは研究者以外誰も読んでくれない。

これほどまでに困難な状況で、まだ無名の村上作品を英語で読んでもらうにはどうしたらいいか。そう考えると、村上の小説を英語を使ってまさに書き直す、というバーンバウムさんのやり方は、当時のアメリカにおいては大正解だった。実際に多くの英語圏の人々が興味を持ったわけだし、読んでみても、とてもいい英語の作品という印象を与えるものにできあがっているのだから。

さて、バーンバウムさんの訳を実際に見てみよう。『羊をめぐる冒険』出だしの、死んでしまった女の子の挿話部分だ。

大学の近くに小さな喫茶店があって、僕はそこでよく友だちと待ちあわせた。たいした店ではないけれど、そこに行けばハードロックを聴きながらとびっきり不味いコーヒーを飲むことができた。

There was a small coffeeshop near the university where I hung out with friends. It wasn't much of anything, but it offered certain constants; hard rock and bad coffee.

確かに、「待ちあわせた」が"hung out"（だらだらする）になっている。しかしながら、いつも待ちあわせたあとダべっていたなら、結局はこの訳でいいわけだ。そして"it offered certain constants"というちょっと堅めの表現から、"hard rock and bad coffee"という俗でショボいものへのつながりは、きっちりした対句の形も相まって、原文にはないおかしみを与えている。あるいはここには、「とびっきり」という原文のちょっとおどけたニュアンスが無意識的に含まれているのかも知れない。

バーンバウムさんの訳文で読む村上春樹は、もう一つの村上作品という感じがする。易しくて面白くて、読者はすーっと引き込まれる。これは訳者の勝利だろう。村上春樹自身はこうした自由な訳を、もはやあまり歓迎してはいないらしい。バーンバウムさんが徐々に翻訳から外れたのも、結局はそれが原因だろう。それでも彼が今の村上春樹を作った、という歴史は誰にも、作者本人にすら動かせない。そこに翻訳者の栄光があると思う。

Haruki Murakami, *A Wild Sheep Chase*. New York: Vintage, 2003.
村上春樹『羊をめぐる冒険』(二〇〇四年、講談社文庫)

辛島デイヴィッド『Haruki Murakami を読んでいるときに我々が読んでいる者たち』
(二〇一八年、みすず書房)

絵本を訳す

ジュノ・ディアス
『わたしの島をさがして』
Junot Díaz
Islandborn

＊

絵本を訳すことになった。ジュノ・ディアスの *Islandborn*（『わたしの島をさがして』汐文社）である。ジュノ・ディアスの作品は『オスカー・ワオの短く凄まじい人生』『こうしてお前は彼女にフラれる』（共に新潮社）と二冊続けて訳してきたから、難しさは身に染みていた。英語の文章に突然スペイン語が入ってきて、何の説明もない。カリブ海域の独裁者の歴史が当然の前提とされている。しかもそれが、アメリカと日本の膨大なオタク文化で例えられ、わかりやすい説明はない。クセのあるヒップホップ的な文体を日本語に置き換えるのも一苦労だった。

でも今度は絵本である。ならばそんなに難しくはないんじゃないか、とけっこう気軽に引き受けた。ざっと本文を読んでみても、そこまで難しい表現はない。おまけに大人の本と比べればものすごく短い。これならやれる。喜び勇んでどんどん訳した。そして、世の中そんなにうまい話はない、と気づくことになった。

その苦しみ話の前に、どんな作品かを紹介しよう。おそらく移民の多い街に住む小学生のロラは、学校で課題を与えられる。アメリカに来る前に住んでいた場所の絵を描いてきなさい、そして次の授業で発表するように。でも彼女は島(おそらくドミニカ共和国のあるエスパニョーラ島)の記憶がない。ものすごく幼いころアメリカに来てしまったからだ。どうしよう。だが家族や近所の人々はそれぞれ、島の記憶を彼女に伝えてくれる。

いつも音楽にあふれた、彩りの豊かな場所だった。だが調べていくうちに、それだけではない、ということがわかる。そんなに素晴らしい場所ならば、どうしてこんなに多くの人たちがアメリカに来ているのか。それには理由があった。巨大なモンスター(おそらく独裁者の比喩)が三十年もいすわって、島の人々をさんざん苦しめてきたのだ。だが彼らは最後にはモンスターに対して立ち上がった。そしてようやく打ち負かすことができたのだ。今現在の姿があるのは、そうした戦士たちのおかげである。

さて、ここからが苦難の話である。わかりやすいので冒頭部分を例に取ろう。本書はこう始まる。

Every kid in Lola's school was from somewhere else.

Hers was the school of faraway places.
Mai was from a city so big that it was like its own country.
India and Camila were from a stony village at the tippy top of the world.
Matteo had lived in a desert so hot even the cactus fainted.
Nu was born in a jungle famous for its tigers and its poets.
And Lola was from the Island.

ものすごく簡単な文章である。それを僕はこう訳した。

ロラの学校の子はみんなどこかべつのところから来ました。
遠くから来た子たちのための学校だったのです。
マイはまるで国ぐらい大きな街から来ました。
インディアとカミラは世界のてっぺんにある石ころだらけの村から来ました。
マテオはサボテンも気絶するほど暑い砂漠にすんでいました。
ヌーが生まれたジャングルはトラと詩人たちで有名です。
そしてロラは島から来ました。

これだったら子どもにも読めるだろう。けれども世の中そう甘くはなかった。大人の本の場合、通常、一通り最後まで訳してから編集者に見せる。そうするとたくさんの朱書きが入って戻ってくる。受け入れられる部分は受け入れ、どうしても、という部分は自分のバージョンを残すか、または別のものを考える。そうやってだんだんと訳文を磨き上げていくわけだ。けれども絵本は違う。編集者と差し向かいで、一文どころか、一単語ずつ検討していく。研究室にやって来たのはベテラン編集者で自らお母さんでもある堀江さんだ。

さて、一行目「ロラの学校の子はみんなどこかべつのところから来ました。」に対する彼女のコメントはこうだ。「子」だけでは単数か複数かわからない。だから「子たち」にしましょう。「来ました」という表現がわかりにくいです。出身のことだと明確に出すために、「生まれた」という表現に変えるべきです。「どこかべつのところで生まれました」でもいいけれど、「ここで生まれたわけではありません」のほうが自然かも。その場合、文章が続きすぎると読むのが大変なので、「みんな」のあとに「、」を打ちましょう。

そうしてできた訳文が「ロラの学校の子たちはみんな、ここで生まれたわけではありません。」である。なるほど。原文の意味をきちんと残しながら、日本語として不自然ではない文章になっている。声に出して読んでもスッと入ってくる。

ここにあるのは、翻訳ならば日本語として多少不自然な訳も許容されるべきだ、という外国文学翻訳業界の暗黙の掟と、原文が何語で書かれていようが、読むのは日本の子どもなんだから、口に出して自然に響く文章でなければならない、という児童文学業界の掟の対立である。原語主義と、原語は尊重するけど日本語も尊重してね主義の違いとでも言おうか。

この一文だけで僕はすごく面白くなってしまった。そもそも、大人もみんな昔は子どもである。そして子ども時代はみんな絵本や児童文学を読んで楽しんでいた。ならば潜在的にはどんな大人も、原文も日本語も大事主義で訳された本が好きなはずだ。そしてそうした主義にのっとった翻訳のノウハウは、児童文学業界に大量に蓄積されているだろう。知りたい！　学びたい！　驚きたい！

ダメ出しは二行目以降もまだまだ続く。こうしてできた訳文は以下の通りである。

ロラの学校の子たちはみんな、ここで生まれたわけではありません。
ずっと遠くからやってきた子たちのための学校だったのです。
マイは、まるでひとつの国ぐらい大きなまちからきました。
インディアとカミラは、世界のいちばん高いところにある、石ころだらけの村からやってきました。

マテオはサボテンも気絶するほど暑い砂漠にすんでいました。

ヌーが生まれたジャングルは、トラと詩人たちで有名です。

そしてロラは島からやってきました。


なんというか、最初の訳とほとんど変わらないのに、イメージしやすさや読みやすさが圧倒的に向上している。僕は感心してしまった。いやあ、編集者ってすごいですね。

でも、僕の意見も採用された。ロラが島で生まれたのに "I'd never set foot on the island." と言う場面がある。「物心ついてから島に足を踏み入れたことがない」というのが直訳だ。けれども僕は「島に帰ったことがなくたって」にした。親の故郷は自分の故郷だと子どもは思い込むものだ、というのが僕の主張である。

こうして密接に編集者とやりとりをする、というのが僕にとっては新鮮だった。あまりに面白くて、ジャクリーン・ウッドソン『みんなとちがうきみだけど』（汐文社）も訳してしまった。

いやあ、児童文学っていいものですね。

Junot Diaz, *Islandborn* (with illustrations by Leo Espinosa). New York: Dial Press, 2018.
ジュノ・ディアス作、レオ・エスピノサ絵／都甲幸治訳『わたしの島をさがして』（二〇一八年、汐文社）

あとがき

この本が出るまでにはたくさんの人のお世話になった。第一の功労者は二人の編集者である。須藤彰也さんには人生初の雑誌連載をさせてもらった。須藤さんがいなければ、そもそもこの本は存在し得なかっただろう。二代目担当者となった郭敬樹さん。民族学校から日本の小学校に移ったとたんに、あれほど流暢にしゃべっていたコリア語が脳内から消え去り、一緒に九九まで飛んでしまった話。一度は大学進学を諦めたものの、たくさんの出会いを通じて自分の人生を切り開き、今は編集者をやっていること。彼の話は、どんなアメリカの移民文学にも引けを取らない強さを持っていた。今回こういう形で郭さんと仕事をできたのも、何らかの必然だったと思う。

そして中村和恵さん、温又柔さん、くぼたのぞみさん、岸本佐知子さんの、今をときめく四人には対談で大いにお世話になった。今会って話したい文学者と考えて選んだ人たちが全員女性、というところに現代を感じる。大学教授、翻訳家、作家とそれぞれ職業は違うけれど、彼女たちはそれぞれの立場から鋭く社会や文学を掘り下げている。おかげでアジアへ、アフリカへ、カリブへと大いに視野を広げることができた。どうもありがとうございます。

僕と一緒に作品を読んでくれた学生たちも大いに貢献してくれた。授業や論文指導を通じて様々な著作と出会ったことで、僕の興味は広がっていった。シルヴィア・プラスもエイミー・ヘンペルも、こうしたことがなければ読まなかったかもしれない。他にも、たまたま来た原稿依頼や出席したワークショップ、書店イベントをきっかけにできた原稿も多い。こうした偶然の力を多く取り入れられたことがこの本の強みになっている。

素晴らしい装幀をしてくれたデザイナーの井之上聖子さん、装画を提供してくれた杉本さなえさんには感謝してもしきれない。杉本さんの絵はどれも力強いが、本書の「呼び声」という作品は、中でもとても強い印象を与えてくれる。社会の片隅で上がる微かな声をすくいとる文学作品を扱った本書をこの絵が飾る、という巡り合わせもすごい。

連続対談を通じて書店B&Bの担当者だった木村綾子さんにも感謝している。著書もある文学研究者にして書店員、という多様な顔を持つ彼女に担当してもらえて良かった。B&Bに行くたびに木村さんの笑顔を見てホッとしていた人は、僕だけではないのではないか。

そしていつもどおり迷惑を掛け通しだった家族に感謝。原稿が書けなくて所在なく家の中をうろつく僕を快く受け入れてくれた。本当にありがとう。

最後に、この本で扱った多くの作品を書いてくださった素晴らしい著者たちに。文学はもう終わったなんて言う人もいるけれど、人間が生きている限り小説は続くことをはっきりと示してくれた。僕はあなたたちの言葉で日々救われています。みんなみんな、本当にありがとうございました。

二〇二〇年七月一二日　日曜日で誰もいない早稲田大学の研究室にて

都甲幸治

[著者紹介]

都甲幸治（とこう　こうじ）
1969年、福岡県生まれ。翻訳家、早稲田大学文学学術院教授。著書に『21世紀の世界文学30冊を読む』（新潮社）、『狂喜の読み屋』（共和国）、『「街小説」読みくらべ』（立東舎）、『世界文学の21世紀』（Pヴァイン）、訳書にジュノ・ディアス『オスカー・ワオの短く凄まじい人生』（共訳、新潮社）、ジャクリーン・ウッドソン『みんなとちがうきみだけど』（汐文社）、ドン・デリーロ『ポイント・オメガ』（水声社）などがある。

引《ひ》き裂《さ》かれた世界《せかい》の文学案内《ぶんがくあんない》――境界《きょうかい》から響《ひび》く声《こえ》たち

NDC900／223p／19cm

初版第1刷――2020年9月1日

著者――――**都甲幸治《とこうこうじ》**
発行者―――**鈴木一行**
発行所―――株式会社　**大修館書店**
〒113-8541　東京都文京区湯島2-1-1
電話03-3868-2651（販売部）　03-3868-2293（編集部）
振替00190-7-40504
[出版情報] https://www.taishukan.co.jp

装丁者―――**井之上聖子／装画　杉本さなえ**
印刷所―――**壮光舎印刷**
製本所―――**ブロケード**

ISBN978-4-469-21382-9　Printed in Japan